너도밤나무
아래
갈림길

분단&실향 역사동화집

너도밤나무 아래 갈림길

정다운 · 정민영 · 이희분
박경희 · 김지하 · 유진희
이소향 · 이정란 · 박은선

구름바다

한국 전쟁을 겪은 71년 전 어린이들이 어느덧 할머니, 할
아버지가 되어 손녀, 손자 어린이들과 동시대를 살고 있다.
분단은 여전히 진행 중이고, 그때 고향을 잃은 어르신들은
이제 돌아가실 날을 앞두고 있다. 북한 땅에서 가까운 파주
오두산 전망대와 임진각에 가면, 어린 시절 뛰놀던 고향과
부모를 그리워하며 눈물짓는 분들과 마주친다. 전쟁이 아니
었다면 분단의 비극, 실향의 아픔은 결코 없었을 것이다.

지난해에 〈문발작가협동조합〉 작가들은 남북 접경지역에
사는 어르신들을 만나 인터뷰했다. 그때 새로운 사실을 알았
다. 임진강을 사이에 두고 전쟁과 분단으로 인해 평생 강 건

너 고향을 못 가게 된 사람들이 그곳에서 70년째 살고 있다는 사실을 말이다. 어르신들은 어릴 적 떠나온 고향 집 주소를 정확히 기억했다. 그 시절 기억이 현재의 기억보다 더 또렷했으며 그 이야기를 들려줄 때는 다시 어린이로 돌아가 이를 드러내며 해맑은 웃음을 지어 보였다.

동화를 통해서나마 실향 어르신들이 어릴 적 헤어진 가족을 만나고, 지금 어린이들과 만나 친구가 되기를 바랐다. 서로 다른 듯 닮은 어르신과 어린이의 두 세계가 만난다면 어떤 사건이 튀어나올지 궁금했다. '분단과 실향'을 주제로 한 역사동화집을 출간하게 된 이유가 여기에 있다.

분단&실향 역사동화집《너도밤나무 아래 갈림길》은 한국전쟁으로 잃어버린 것들을 현재로 가져와 그것의 소중함을 담았다. 그것은 결국, 가족에 대한 사랑이었다. 이 세상에서 가장 큰 고통은 사랑하는 사람과 이별하는 것이라고 한다. '분단과 실향'이라는 참혹하고 슬픈 소재였음에도 어린이들의 순정한 마음을 한 편의 동화로 훈훈하게 표현해 준 마을 작가들에게 아낌없는 박수를 보낸다.

정다운 작가의 〈너도밤나무 아래 갈림길〉은 잃어버린 동생 토끼를 찾는 언니 토끼의 간절하고 애틋한 마음이 유쾌하게 그려졌다. '산골짝 만남 스튜디오'를 운영하는 다람쥐, 어릴 때 잃어버린 동생이 자기를 알아보지 못할까 봐 애태우는 언니 토끼, 기억을 잃어버려 애태우는 동생 토끼는 마치 우리 곁에 살아 있는 것 같다. 인간이 일으킨 전쟁이 동물들에게도 고통이었음을 제대로 보여 준다. 기억을 잃어버린 동생을 위해 들려주는 언니 토끼의 노랫소리가 나직나직 들리는 듯하다.

정민영 작가의 〈덮어, 덮어!〉는 호기심 대장인 덕구와 그의 친구들이 산속에서 우연히 토끼굴을 발견하면서 시작되는 이야기다. 이제 막 신나는 놀이가 시작되려는 참인데 심술쟁이 할머니가 나타나 아이들을 쫓아낸다. 그런데 이 할머니, 어딘가 수상쩍다. 엎친 데 덮친 격으로 그날 밤 산에 두고 온 물건을 찾기 위해 혼자 산에 가게 된 덕구의 눈앞에 낯선 소녀가 나타난다. 놀랍게도 소녀가 향한 곳은 심술쟁이 할머니 댁이다. 작가는 쉴 새 없이 이어지는 사건과 새로운 인물의 등장을 통해 인물의 사연을 하나씩 들춰 낸다. 덕구의 시선을 통해 분단이 가져온 한 이산가족의 안타까운 삶의 진실이 드러나는 순간, 할머니와 덕구의 다급한 외침에 함께 숨을 죽이게 된다.

  이희분 작가의 〈또르륵, 딸깍〉은 '시간여행'이라는 소재를 통해 전쟁의 상처와 이산의 아픔을 생생하게 그려 낸 작품이다. 하루도 빠짐없이 임진강 변 장산 전망대에 올라 고향 땅을 바라보던 개성댁 할머니가 과거로 돌아갈 수 있는 시간은 60초. 단 60초 만에 과거를 바꿔야만 한다. 그때로 돌아간다면 다시는 엄마와 헤어지지 않을 거라는 할머니의 다짐은 실현될 수 있을까? 시간이 다 되었음을 알리는 또르륵, 딸깍 소리에 마음이 조마조마한 건 개성댁 할머니뿐만은 아닐 것이다. 작가의 생생한 표현과 구조적인 완결성에 힘입어 개성댁 할머니의 시간여행이 멋지게 완성되었다.

  박경희 작가의 〈부풀부풀 고양이〉는 이산가족의 아픔을 잘 드러낸 환상 동화다. 할아버지는 북에 두고 온 가족에 대한 그리움이 너무 커, 하늘나라 망각의 강을 건너지 못한 채 딱딱한 석상으로 굳어 가고 있다. 부풀부풀 열매를 삼켰기 때문이다. 할아버지를 구하기 위해 할아버지가 아끼고 그리

위하는 물건을 찾아 헤매는 부풀부풀 고양이와 완이는 독자의 마음을 사로잡는다. 노랗게 핀 달맞이꽃을 머리에 꽂은 부풀부풀 고양이라니, 상상만으로 즐겁다.

김지하 작가의 〈셀마와 마금순〉은 내전으로 고국을 떠날 수밖에 없었던 예멘 소녀 셀마가 한국 전쟁의 아픔을 고스란히 간직한 마금순 할머니를 만나게 되면서 시작되는 이야기다. 아픈 상처를 지녔음에도 타인에 대한 관심과 애정을 잃지 않은 셀마는 마금순 할머니의 잃어버린 핸드폰을 찾는 여정에 기꺼이 동행한다. 작가는 세대와 민족을 뛰어넘는 만남을 통해 전쟁의 참혹함보다는 도움이 필요한 이웃과 마음을 나누는 평범한 사람들의 따뜻한 시선에 집중한다. 덕분에 이미 끝난 전쟁과 아직 끝나지 않은 전쟁의 틈바구니에서 희미하게 돌아난 희망의 싹을 독자는 더 잘 볼 수 있다.

유진희 작가의 〈연극놀이〉는 치매에 걸린 할머니와 함께 사는 열세 살 다미의 심리가 잘 그려진 작품이다. 할머니 때문에 자기 방을 빼앗긴 것도 속상한데, 자기를 '순자'로 부르는 할머니가 싫다. 그 할머니를 위해 연극을 하는 가족도 싫다. 당장이라도 할머니가 요양원으로 갔으면 좋겠다. 그런 할머니의 시간이 전쟁에 멈춰 선 걸 알게 된 다미는 할머니를 천천히 받아들인다. 70여 년 전 전쟁의 트라우마가 우리 곁을 맴돌고 있음을 이 작품은 말해 주고 있다.

이소향 작가의 〈우리 강아지 인절미〉는 강아지의 출생과 헤어짐을 통해 이산가족의 아픔을 그렸다. 기오와 호범이의 바람과는 달리 엄마는 복실이가 낳은 강생이 인절미를 담임 선생님께 드린다. 인절미를 데려오기 위해 시험 점수 50점을 넘기려는 기오와 호범이의 고군분투에 저절로 웃음이 나온다. 이 과정에서 기오는 전쟁으로 북에 둔 가족을 만날 수 없는 호범이의 아픔을 느끼게 된다. 타인의 아픔을 나의 아픔으로 받아들이는 여정을 따뜻하고 유쾌하게 잘 보여 주었다.

이정란 작가의 〈원플러스원(1+1)〉은 탈북 과정에서 소중한 가족을 잃게 된 소녀의 심리가 담담하면서도 절제된 문체로 매우 섬세하게 그려져 있다. 소녀는 낯선 환경에서도 주눅 들지 않고 당당한 모습을 보이지만 때로는 혼자서 비를 맞으며 언니를 향한 그리움을 속으로 삼키기도 한다. 그런 소녀에게 조용히 다가와 우산을 씌워 주는 사람이 있다. 이 새로운 만남을 통해 소녀는 비로소 자신의 아픔뿐만 아니라 다른 사람의 아픔도 돌아볼 수 있게 된다. 항상 혼자라고 생각했던 소녀가 편의점 언니의 작은 관심과 친절로 서서히 마음을 여는 모습이 사뭇 감동적이다. 그러므로 우리가 타인에게 베푸는 친절과 우정이야말로 원플러스원이 아닐까.

박은선 작가의 〈핑클파마 나가신다〉는 온 나라를 눈물바다로 만들었던 '이산가족 찾기' 프로그램을 현실감 있게 다루었다. 이야기를 읽다 보면 타임머신을 타고 1983년으로 훌쩍 시간여행을 떠난 느낌이 든다. 당시 유행한 핑클파마를 몰래 하려던 해선의 당돌함에 슬그머니 웃음이 그려진다. 그 핑클파마 덕분에 아빠는 잃어버린 형을 찾게 된다. 전쟁은 전쟁이 끝난 이후에도 계속되고 있음을 해선이네 가족을 통해 보여 주고 있다.

코로나 19 바이러스가 세상을 바꿨다. 날마다 학교에 가던 어린이들은 집 안에 갇혀 컴퓨터로 원격 수업을 받았다. 바깥에 나갈 때는 반드시 마스크를 썼다. 해외여행이 사라졌고

국내 여행도 함부로 다닐 수 없었다. 친구들과 어울려 마음 껏 놀아야 할 때인데 친구들을 만날 수가 없었다. 드물게 학교 가는 날이 와도 마스크를 쓰고 생활하니까 조용히 지내다 집으로 돌아와야 했다. 집에서는 다시 컴퓨터 화면 속 작은 세상에 갇혀 살았다.

팬데믹 시대에 이 마을 사람들은 남북 접경지역 파주에 살며 마을에서 세 번째 역사동화 쓰기와 역사동화집 만들기를 이어갔다. 2019년 일제강점기 역사동화집 《날아라 고무신》을 썼던 마을 역사 동화 작가단 〈역동작〉은 2020년 한국 전쟁 역사동화집 《두루미 구출 작전》을 썼고, 2021년에는 분단&실향 역사동화집 《너도밤나무 아래 갈림길》을 썼다.

〈문발작가협동조합〉의 동화창작수업이 3년 동안 이어지면서 〈역동작〉 마을 작가들은 모두가 전문 동화 작가의 길을 걸어가는 중이다. 장경선(동화 작가), 최민경(소설가), 박인애(시인) 세 작가가 모여서 마을 커뮤니티 공간 '마당'에서 3개월 동안 동화 쓰기를 지도하였다. 코로나 19 상황이 심각해질 즈음에는 줌 수업을 하면서 무사히 마칠 수 있었다. 팬데믹 시대에도 변함없이 이 마을은 동화를 읽고 동화를 쓰고 삽화를 그리는 동안 어느덧 동화 마을이 되어 있었다.

분단 마을이라는 지정학적 특수성을 늘 기억하려 한 〈역동작〉은 접경마을 마정리, 통일촌, 해마루촌 답사를 다녀왔다. 단순한 호기심이 아니어야 했다. 도라산 통일전망대에서 망원경으로 바라본 대성동과 기정동, 개성은 너무 가까워서 안타까웠다. 이토록 가까운 거리인데 71년 동안 오갈 수 없다니, 이런 비극이 세상 어디에 또 있을까?

마을 작가들의 동화를 읽은 마을 아이들이 이번에도 삽화를 정성껏 그려 줬다. 아이들의 상상력은 언제나 감동이다. 동화 속 풍경, 사물, 사람, 동물의 이야기들을 어린이의 시선으로 자유롭게 표현한 것이다. 안승희 선생님과 이승철 선생님이 삽화를 지도하고 일러스트 작업을 맡아 역사동화집의 삽화는 멋지게 마감될 수 있었다. 북 디자이너 여현미 선생님의 손을 거쳐 모두의 정성이 담긴 작업은 아주 멋진 세 번째 동화집으로 탄생했다.

파주 교하에서 마을살이를 하는 사람들과 어우러져 파주의 접경지역을 답사하고 동화를 창작하여 《너도밤나무 아래 갈림길》을 출간하였다. 동화를 통해 이 지역의 역사를 우리나라 사람들에게 널리 알릴 수 있어 보람된 시간이었다. 우리의 작업은 분단의 아픔을 넘어 통일과 평화의 길로 나가는 작지만 힘찬 발걸음이었다.

　마지막으로 분단의 끝자락에서 뜻깊은 역사동화집이 출간
될 수 있도록 지원해준 〈경기문화재단〉에 고마움을 전한다.

2021년 10월 13일

파주에서

문발작가협동조합

차례

너도밤나무
아래 갈림길

정다운

어린이들이 좋아하는 일을 하고, 그 일이 기쁨이 되고
꿈이 되는 세상을 소망하며 열심히 동화를 쓰고 있어요.

너도밤나무 아래 갈림길

글 **정다운** | 그림 **안요섭, 정예온**

딩동.

'산골짝 만남 스튜디오'에 초인종이 울렸다.

'야호, 드디어 첫 의뢰로구나!'

다람쥐는 운이 좋다는 생각이 들었다. 어제가 스튜디오 개업식이었는데 이렇게 빨리 손님이 찾아오다니. 다람쥐는 꼬리로 입구의 먼지를 쓸며 재빨리 스튜디오 문을 열었다.

"어서 오십시오. 누구를 만나고 싶으신가요?"

"토끼를 찾고 있어요."

"혹시 찾는 분이 누구?"

"동생이에요, 여동생."

토끼는 낯선 스튜디오가 어색한지 계속 코를 움찔거리고 귀를 쫑긋거렸다.

빙글.
다람쥐는 탁자 한쪽에 놓인 회전의자를 돌려 토끼에게 손짓했다.

"자, 이쪽으로 앉으세요. 우선 도토리 좀 드시겠어요?"

"아니요. 긴장했더니 목이 마르네요. 물을 좀 마실 수 있을까요?"

다람쥐는 쪼르르 달려가 얼른 샘물 한 잔을 가져오며 말했다.

"흠흠, 동생분을 찾으려면 몇 가지 사전 조사가 필요합니다만."

다람쥐는 이런 일에 유능한 듯이 보이려고 애썼다. 첫 의뢰인을 놓치긴 싫었기 때문이다.

"언제 헤어지셨나요?"

"그게, 그러니까, 우리가 아주 어릴 때였어요. 솜털이 보송보송했죠."

"어디서 헤어지셨나요?"

"높은 들에서 나와 너른 들에 거의 다다를 때였어요. 너도밤나무 아래 갈림길이 있었는데 거기서 헤어졌어요. 오른쪽으로 한참을 달리다가 알았어요. 뒤에 동생이 없다는 것을요."

"어쩌다 헤어지셨나요?"

"우린 높은 들에서 살았어요. 엄마, 아빠가 만들어 주신 굴은 따뜻하고 포근했어요. 그 일이 있기 전까지는요. 어느 날, 굴 밖에서 천둥 번개가 치는 것 같은 요란한 소리가 들리고 매캐한 연기가 피어올랐어요. 두 분은 우리를 안심시키며 밖에서 무슨 일이 일어났는지 알아보고 오겠다고 나가셨어요. 엄마, 아빠가 무사히 돌아오실 때까지 저는 동생을 돌보아야 했어요. 그리고 굴을 지켜야 했죠. 하지만⋯⋯."

토끼는 말을 다 끝맺기도 전에 탁자 앞에 놓인 샘물을 한 모금 마셨다. 다람쥐는 토끼가 마음을 가다듬고 다시 말을 할 때까지 조용히 기다렸다.

"엄마, 아빠는 결국 돌아오지 않았어요. 아니, 돌아올 수 없었다는 말이 더 정확하겠네요. 평화롭던 높은 들이 포탄이 터지고 총알이 오가는 전쟁터가 되었다면 믿으시겠어요?"

"그럼 동생과는 전쟁 때문에 헤어지신 건가요?"

"그런 셈이죠. 우린 언젠가는 엄마, 아빠가 돌아오실 거

라는 희망으로 굴을 떠날 수 없었어요. 하지만 우리는 버틸 수가 없었어요. 여우들이 우리 굴에 똥과 오줌을 잔뜩 싸 놨어요. 그러면 냄새가 지독해서 더는 그곳에서 살 수 없거 든요. 그들의 수법이죠. 여우들은 우리 초식동물들의 집을 그렇게 빼앗아요. 굴에서 뛰어나오는 우리를 잡아먹으려 입을 벌리고 있기도 하죠. 동생과 난 결국 너른 들로 쫓겨 난 셈이에요."

다람쥐는 토끼의 말에서 중요한 정보만 골라 메모했다.

〈단서〉
언제? 솜털이 보송보송할 때.
어디서? 너도밤나무 아래 갈림길.
흠, 그렇다면 동생은 왼쪽?
몹쓸 여우 놈들.

"알겠습니다. 그러면 혹시 헤어질 때 동생의 모습이 어땠 는지 기억하시나요?"

"기억하다마다요. 쫑긋하고 길쭉한 두 귀에, 빨갛고 또렷한 눈동자, 촉촉한 콧잔등, 매끄러운 털과 짧은 꼬리요. 동생은 정말 멋진 토끼였어요."

"아! 의뢰인과 많이 닮았나 보군요."

"그럼요, 우린 가족이니까요."

"알겠습니다. 동생을 찾는 대로 연락드리겠습니다."

토끼가 스튜디오 문을 나서자마자 다람쥐는 바로 동생을 찾는 일에 착수했다. 경쟁이 치열한 이 업계에서 살아남으려면 속전속결이 생명이었다. 요즘은 초원이나 숲에서 잊힌 옛 스타나 헤어진 친구, 가족을 찾아 만남을 주선해 주는 스튜디오가 인기였다. 게다가 의뢰인의 동의를 얻어 만남의 순간을 촬영한 동영상은 늘 최고의 조회 수를 기록했다.

띠링.

전화벨이 울린 것은 토끼가 스튜디오를 방문한 지 사흘째 되는 날이었다.

"여보세요. 산골짝 만남 스튜디오인데요. 동생을 찾았습니다!"

"어머, 정말요?"

"그럼요. 고가의 장비와 최첨단 시스템을 총동원했지요."

"언제쯤 만날 수 있나요? 나를 만나고 싶어 하나요?"

"연락을 받고 당신을 만나러 오고 있어요. 내일이면 스튜디오에 도착한답니다."

털썩.

전화기를 내려놓은 토끼는 뒷다리에 힘이 풀려 바닥에 주저앉았다. 동생을 찾았다는 말에 자기도 모르게 앞발을 들어 벌떡 일어섰다가 내내 그대로 서 있었기 때문이다.

토끼는 행복했던 어린 시절이 떠올랐다. 높은 들은 키 작은 여린 풀들이 무성하고, 촉촉하고 보드라운 흙이 덮인 아름다운 초원이었다. 깊게 판 구덩이와 얕게 판 구덩이, 긴 굴과 짧은 굴이 모여 있는 작은 동물들의 평화로운 안식처였다. 아빠 토끼와 엄마 토끼가 파 놓은 작은 굴은 마른 풀이 푹신하게 깔려 있어, 어린 토끼들에게 더할 나위 없이 좋은 보금자리였다.

쓱쓱.

아무리 털을 빗어 넘기고 매만져도 도무지 윤기가 나지 않았다. 여기저기 털이 뭉쳐 볼품이 없었다. 귀는 또 오늘따라 왜 이리 힘없이 축 늘어지는지, 눈은 또 오늘따라 왜 이리 흐 릿한지, 코는 또 오늘따라 왜 이리 메말랐는지. 세월은 어린 토끼를 데려가고 나이 든 토끼를 데려다 놓았다.

토끼는 동생이 자신을 못 알아볼까 봐 걱정되었다. 이제 곧 동생을 만나러 스튜디오로 출발해야 하는데 어쩌면 좋을 지. 토끼는 다급하게 스튜디오로 전화를 걸었다.

"여보세요. 스튜디오죠? 고가의 장비? 최첨단 시스템? 그 게 무엇인가요?"

"아! 오늘 동생을 만나기로 한 토끼시군요."

"아, 미안해요. 내가 누군지 밝히지 않았군요. 마음이 급 해서."

"그런데 그건 왜 물어보시죠?"

"아무래도 안 되겠어요. 도무지 자신이 없어요. 동생이 나 를 못 알아볼 것 같아요."

"흠흠, 그러시다면 스튜디오에 있는 첨단 장비들을 이용해 보시겠어요?"

"그러면 동생이 저를 알아볼 수 있을까요?"

"그럼요. 어서 스튜디오로 오세요."

삑삑.

토끼가 스튜디오에 도착했을 때, 다람쥐는 스튜디오 여기 저기를 열심히 뛰어다니고 있었다. 각종 첨단 장비들의 스위치를 켜자 차례로 신호음을 내며 불이 켜졌다. 다람쥐는 처음으로 장비들을 사용해 볼 생각에 마음이 설렜다. 하지만 토끼는 동생이 스튜디오에 도착할 시간이 가까워질수록 콧잔등이 바짝 마르고 코털이 떨렸다.

"이 '그 모습 그대로 필터'는 매우 고가의 첨단 장비죠. 프로그램에 의뢰인의 현재 모습을 스캔해서 입력하고, 헤어지던 순간의 기억을 데이터로 변환시키면 바로 의뢰인의 모습이 상대방에게는 그때 그 모습으로 보이게 되죠."

"정말인가요? 그럼 제가 동생과 헤어지던 때의 모습으로 보이게 되나요?"

"그럼요. 다 과학 기술의 발달 덕분이죠. 하하하."

토끼는 잠시 생각하는 듯하더니 다시 다람쥐에게 물었다.

"그래도 동생이 절 못 알아보면 그땐 어떻게 하죠?"

"그렇다면 이 '그때 내 고향 필터'는 어떨까요? 이 필터도 매우 고가의 첨단 장비랍니다. 여기 이 계기판에 의뢰인이 살던 고향 이름을 입력하면, 상대방이 의뢰인을 볼 때마다

고향의 모습이 마치 커튼처럼 배경으로 쫙 펼쳐진답니다."

"정말요? 그럼 저와 동생이 함께 살던 그때 고향의 모습이 보이게 되나요?"

"그럼요. 그러니 동생과 대화 중에 '그 모습 그대로 필터'를 사용하고 싶으시면 첫 번째 코털을, '그때 내 고향 필터'를 사용하고 싶으시면 두 번째 코털을 흔드세요. 자, 이제 동생과 만날 준비가 되셨나요?"

딩동.

동생 토끼는 약속한 시각에 스튜디오 벨을 눌렀다. 다람쥐는 재빨리 달려가 문을 열고 인사를 나눈 뒤, 동생 토끼를 안으로 안내했다. 동생 토끼는 조금 머뭇거리다가 다람쥐를 따라 스튜디오로 들어섰다.

언니 토끼와 동생 토끼는 가벼운 눈인사를 나눴다. 침착하게 보이려 애썼지만 둘 다 작은 꼬리가 가늘게 떨렸다. 탁자를 사이에 두고 두 토끼가 서로를 바라보았다. 동생 토끼가 먼저 말을 건넸다.

"저를 만나고 싶어 한다고 들었어요."

"네. 만나고 싶었어요. 나를 알아보겠어요?"

"잘 모르겠어요."

"우리가 이렇게 서로 닮았는데도요?"

동생 토끼는 언니 토끼의 얼굴을 찬찬히 살피다가 무표정하게 말했다.

"사실 토끼들은 다 비슷비슷하게 생겼잖아요."

동생 토끼가 못 알아보는 것은 어쩌면 당연했다. 너무 어릴 적에 헤어져서 기억이 안 날 만도 했으니 말이다. 언니 토끼의 쫑긋했던 귀는 이제 한쪽이 축 처져서 잘 올라가지 않았고, 매끈했던 털은 이제 잿빛이 되었다. 콧잔등은 또 어떻고. 한여름 장마철에나 조금 촉촉했고 한겨울에는 코끝이 메말라 연신 재채기가 나왔다. 예전엔 코털이 빠지면 바늘 삼아 실을 꿰어 수를 놓을 수 있을 정도로 짱짱했는데. 이젠 모두 옛날 일이 되었다. 언니 토끼는 첫 번째 코털을 흔들려다가 이내 멈추고 동생 토끼에게 물었다.

"혹시 우리가 어디서, 어떻게 헤어졌는지는 기억나나요?"

"기억이 잘 나지 않아요. 누군가를 따라가고 있었는데, 다리가 너무 아파서 그만 주저앉았어요. 고개를 드니까 주위에 아무도 없었죠. 기억은 그게 다예요."

"너도밤나무 아래 갈림길에서 내가 너무 빨리 달리는 바람에 그렇게 되었어요. 그날을 두고두고 얼마나 후회했는지 몰라요. 조금 천천히 갈걸, 손을 잡고 갈걸, 오른쪽 길로 간다고 미리 말해 둘걸. 그날 이후 내 기억은 늘 너도밤나무 아래 갈림길을 서성였어요."

동생 토끼는 기억을 떠올리려고 애쓰다 덤덤한 표정으로 말했다.

"사실 땅속으로 다니는 동물들에게는 흔한 일이죠."

두 토끼는 말없이 탁자에 놓인 물컵을 만지작거렸다.

동생 토끼는 누군가가 자신을 애타게 찾는다는 연락을 받았을 때, 잠깐 놀라기는 했지만 사실 큰 기대는 하지 않았다. 워낙 어릴 때 헤어졌기 때문에 자기를 찾는 이가 누구인지 짐작조차 할 수 없었기 때문이다.

언니 토끼는 얼마나 애타게 기다리고 바라던 순간인데, 동생과 또다시 헤어질 수는 없다는 생각이 들었다. 막 첫 번째 코털과 두 번째 코털을 동시에 흔들려던 참이었다.

"정확하지는 않지만, 희미하게 떠오르는 기억이 있어요. 굴 밖이 깜깜해지고 하늘이 무너질 듯 울리는 소리가 났어요. 여기저기서 작은 동물들의 비명이 들렸어요. 곧 굴 한구석이 무너져 내렸어요. 그때 누군가가 따뜻한 손길로 내 눈을 가리고, 귀를 막았어요. 그러고는 작은 목소리로 노래를 불러 줬어요."

동생의 이야기를 듣던 언니 토끼는 얼굴이 조금씩 환해지더니 조용하고 나지막한 목소리로 노래를 부르기 시작했다.

깊은 산속 옹달샘, 누가 와서 먹나요.
맑고 맑은 옹달샘, 누가 와서 먹나요.
새벽에 토끼가 눈 비비고 일어나
세수하러 왔다가 물만 먹고 가지요.

언니 토끼가 노래를 부르는 사이, 동생 토끼의 빨간 눈동자가 점점 더 빨개졌다. 노래가 끝나자 토끼들은 눈을 좀 더 크게 뜨고, 귀를 좀 더 쫑긋 세우고, 코털을 빳빳하게 들어 서로를 바라보았다.

언니 토끼가 코털을 흔들기를 기다리던 다람쥐는 생각했다.

'최첨단 장비들을 시험해 볼 수 있는 절호의 기회였는데, 아쉽게 됐군. 하지만 첫 의뢰는 이만하면 매우 성공적인걸!'

덮어, 덮어!

정민영

지금에야 어린이의 이야기에 눈과 마음이 즐거운 아줌마입니다.
동화 속 주인공과 함께 울고 웃을 수 있어 감사해요.

덮어, 덮어!

글 **정민영** | 그림 **이세언**

"덮어, 덮어!"

조용하지만 다급한 소리다. 누가 들을까, 무섭이가 소곤대듯 외쳤다. 나와 수철이는 파 놓았던 흙을 두 손으로 잽싸게 모았다. 그러고는 아무 일 없었던 것처럼 나뭇잎으로 후다닥 덮었다. 얼른 일어나 망을 보고 있는 무섭이를 쳐다봤다. 또 그 사람이라는 표정이다.

바로 딱지할머니!

종이를 접어 땅에 내려치는 그 딱지하고는 아주 거리가 먼, 심술딱지의 딱지 말이다. 어찌나 우리한테만 심술을 부리는지. 딱지할머니는 우리가 가장 경계하는 대상 1호다.

아니나 다를까, 딱지할머니가 저만치서 우리를 향해 달려오고 있었다. 악을 쓰며 막대기까지 휘두르면서 말이다. 멀어서 잘 들리지는 않았지만, 단단히 화가 난 것 같았다.

'대체 우리가 뭘 어쨌다고!'

이럴 땐 일단 피하는 게 상책이다. 잡히면 무슨 꼴을 당할지 모르니까. 저번에도 그랬다. 신나게 새총 놀이를 하고 있는데, 갑자기 나타나서는 가지고 있던 새총을 빼앗아 가 버렸다. 시끄럽다며 말이다. 그렇게 말도 안 되는 트집을 잡아서 혼낸 적이 한두 번이 아니다.

우리는 냅다 토끼굴 뒤쪽으로 숨었다. 굴리다시피 몸을 잽싸게 날리면서.

우리 마을은 북한과 가까이에 있다. 바로 코앞은 아니어도 가끔 대포 소리도 들리고, 날씨 좋은 날은 멀리 산등성이에 있는 북한 마을도 희미하게 볼 수 있을 정도니까. 얼마 전까지만 해도 쉽게 왕래할 수 있는 거리였는데, 이젠 지척에 두고도 갈 수 없는 곳이 되어 버렸다.

그러다 보니 별 희한한 소문까지 돌았다. 갑자기 생이별하게 된 이북 사람들이 땅굴로 가족을 만나러 온다고 말이다. 처음엔 말도 안 되는 소리라고 생각했다. 아무리 가족을 만나고 싶어도 그렇지, 사람이 어떻게 땅굴로 다닌다는 건지. 하지만, 며칠 전 수철이 말에 마음이 홀랑 바뀌었다.

"얘들아, 우리 땅굴 찾아볼래? 동네 아저씨들이 하는 얘기 몰래 들었는데, 우리 마을 숲에도 땅굴이 있는 것 같대. 재밌겠지?"

정말 땅굴이 있다니! 호기심 하면 나 강덕구인데. 그렇게 재밌는 놀이를 그냥 지나칠 순 없었다. 게다가 혹시 알아? 땅굴을 발견해서 신고하면 포상금이라도 받게 될지.

그날 이후 우리는 땅굴을 찾아보겠다고 온 산을 헤집고 다녔다. 며칠을 들쑤시고 다녀도 개미구멍 하나 못 찾겠더니, 오늘은 그나마 수상쩍은 토끼굴 하나를 발견한 것이다. 이제 막 재미있어지려는 참인데, 이대로 물러서기엔 좀 아까웠다.

우리는 토끼굴 뒤쪽 야트막한 등성이에 몸을 숨긴 채 딱지 할머니가 사라지길 기다렸다. 할머니는 뭔가를 찾는 듯 막대기로 풀숲을 찔러 대며 숲 주변을 맴돌았다.

"야, 그냥 가자. 이러다 걸리면 괜히 더 혼나기만 해."

수철이가 내 옷자락을 잡아끌며 소곤거렸다.

"무슨 소리야. 이왕 시작한 거 끝까지 파 봐야지. 네 말대로 진짜 땅굴이 나올지도 모르잖아."

내가 숨죽인 채 말했다.

"진짜 딱지할머니한테 걸리면 어떡하려고 그래? 나 무서워서 오줌 쌀 거 같단 말이야."

겁쟁이 무섭이가 진짜 쌀 거 같은 표정으로 말했다.

"어?"

수철이가 외마디 소리를 냈다.

"왜, 왜 그러는데?"

우리는 동시에 수철이를 쳐다봤다.

"아니, 저기……."

수철이가 가리키는 쪽을 보니 딱지할머니가 산등성이를 넘어가는 게 보였다. 아! 다행이다. 우리 셋은 동시에 안도의 숨을 내쉬었다. 그러고는 딱지할머니가 완전히 시야에서 사라질 때까지 기다렸다가 다시 토끼굴 앞으로 갔다.

"할머니 갔으니까 걱정하지 말고. 무섭이 너, 이번엔 진짜 망 잘 봐야 한다. 알았지?"

우리는 굴을 덮고 있던 나뭇잎과 흙을 다시 걷어 냈다. 무섭이는 매의 눈으로 주변을 살피며 망을 봤다. 나와 수철이는 삽과 호미로 굴을 더 넓게 파기 시작했다. 혹시 누가 의심할지 몰라 삽자루가 빠져 있는 삽과 손전등을 숨겨 왔다. 멧돼지가 가끔 나오는 숲이라 어른들이 알기라도 하면 한 포대의 잔소리를 들어야 하니, 최대한 몰래 파야 한다. 또 그래야더 재미있기도 하고.

그런데 이상하리만치 굴은 무너지듯 잘 파였다. 힘을 줄필요도 없었다. 누군가 우리를 위해 미리 굴을 만들어 놓았나 싶을 정도였다. 게다가 굴은 마치 너희도 들어와 보라고말하는 것처럼 포근해 보이기까지 했다.

어느새 굴은 우리 몸이 간신히 들어갈 만큼 넓어졌다. 이제 깊게, 깊게 파기만 하면 된다. 온몸을 잔뜩 구부린 채 기면서 땅을 팠다. 토끼굴도 이렇게 재밌는데, 땅굴이라면 얼마나 재밌을까? 나와 수철이는 서로 더 파겠다며 난리를 쳤다. 우리는 토끼들처럼 굴속을 왔다 갔다 하며 신나게 놀았다. 망을 보던 무섭이까지 말이다. 그런데 그게 실수였다. 무섭이는 끝까지 망만 봤어야 했다.

"야, 이놈들! 썩 저리 가지 못해? 여기가 어디라고 얼쩡거려! 당장 거기서 물러나!"

맙소사! 사라진 줄 알았던 딱지할머니가 언제 다시 나타

났는지 고래고래 소리를 지르며 우릴 향해 뛰어오고 있었다. 어찌나 무서운 얼굴에 벼락같이 소리를 지르는지. 정말 염라 대왕이라도 나타난 줄 알았다.

우린 걸음아 나 살려라 하며 도망갔다. 잡히면 큰일이니까. 아마 종일 쫓아다니며 혼낼 게 분명했다. 하지만 아무리 무서운 딱지할머니라도 우리를 붙잡을 순 없다. 할머니는 할머니니까. 우린 벌써 마을 입구에 도착해 있었다.

"헉헉……, 딱지할머니 안 보이는 거 맞지? 아, 잡히는 줄 알았네."

무섭이가 헐떡이며 말했다.

"근데, 우린 안 된다고 하면서 할머니는 왜 계속 숲에 있는 거야?"

막상 괜찮아지니 좀 분한 생각이 들었다.

"그러게. 저 산이 할머니 거라도 되나? 진짜 이상한 할머니야. 누가 심술딱지 아니랄까 봐."

한창 재미있었는데 딱지할머니 때문에 김이 새 버렸다. 우린 찜찜한 마음으로 아쉽게 헤어졌다.

큰일 났다! 손전등을 굴속에 놓고 와 버렸다. 어쩐지 찜찜

하다 했다. 이게 다 딱지할머니 때문이다. 엄니가 밤중에 변소에 가려면 꼭 있어야 하는데. 저번에 변소에서 구렁이를 본 뒤로 손전등 없이는 꼼짝도 못 하는 엄니다. 나도 마찬가지고. 아, 엄니한테 진짜 혼날 텐데. 식구들한테 같이 가자고 할 수도 없고. 이제 곧 깜깜해지는데, 그 귀한 걸 잃어버리기라도 하면 정말 큰 일이다. 더 어두워지기 전에 토끼굴로 가야 했다.

미친 듯이 달려 토끼굴에 도착했다. 천만다행으로 손전등은 굴 밖에 떨어져 있었다. 이제 손전등이 있으니 깜깜해도 걱정 없다. 평소에 이 숲을 많이 놀러 다녀서 지름길도 아니까. 하지만 아무도 없는 깜깜한 숲, 갑자기 무서워졌다. 다리까지 후들거리면서 말이다.

그때였다. 고요하던 숲에서 소리가 났다. 이게 무슨 소리지? 혹시 멧돼지인가? 그럼 숨어야 하는데. 소리 내지 않고 최대한 조용히 몸을 움직여 토끼굴 속으로 얼른 들어갔다.

잠시 후, 다른 소리가 났다.

'서벅, 서벅.'

이건 분명 발소리다.

굴속에 숨어 있는데 심장이 터지는 줄 알았다. 설마 나에게 오고 있는 건 아니겠지? 쿵쾅쿵쾅. 이제 심장이 튀어나올 것 같다. 하지만 소리가 멀어지고 있어! 나를 못 본 게 분명했다. 천천히 그리고 숨죽여 밖을 내다봤다. 짐승이 아니었다. 어둠에 익숙해진 내 눈에 분명히 보였다. 여자아이의 뒷모습이.

나는 입을 틀어막았다. 사람인지, 귀신인지. 갑자기 어디서 나온 거야!

여자애가 어둠 속으로 사라진 뒤, 토끼굴에서 나왔다. 기절하지 않은 게 다행이었다. 평소에 겁이 없는데 오늘은 정말 무서워서 죽는 줄 알았다. 그런데 아무리 생각해도 이상했다. 도대체 어디서 갑자기 나타난 거지? 땅에서 솟았나, 하늘에서 떨어졌나. 아까는 분명히 아무도 없었는데, 진짜 귀신 아냐? 갑자기 소름이 확 돋았다. 수철이라도 데려올 걸 그랬나. 나는 정신없이 마을을 향해 달리기 시작했다. 잔나뭇가지에 종아리가 긁히는 줄도 모르고 무작정 달리고 또 달렸다.

무서워서 안 오려고 했는데, 어느새 토끼굴에 와 있었다. 이 못 말리는 호기심이 발동해 내 눈으로 보지 않고는 도저히 참을 수가 없었기 때문이다. 귀신은 밤에 나오는데, 지금은 낮이니까 괜찮겠지.

'여기 어디선가 나온 거 같은데⋯⋯.'

긴 막대기를 들고 여기저기를 살피고 있었다.

"덕구, 네 이놈! 왜 또 여기 있어? 내가 여기 오지 말라고 했어? 안 했어?"

아이고, 깜짝이야! 딱지할머니였다. 화들짝 놀라는 나를 당장이라도 내쫓을 기세였다.

"아니⋯⋯. 저기, 그게⋯⋯."

어찌나 무섭게 호통을 치는지 오금이 저려 말도 제대로 나오지 않았다.

"너 이 녀석! 이쪽으론 얼씬도 말라고 했지! 여기 한 번만 더 오기만 해. 아주 그냥!"

할머니의 다그침에 정신이 번쩍 들었다. 나는 슬슬 뒷걸음질 치며 할머니 눈을 피했다.

"당장 가래두! 이놈이 얼른 안 가고 뭐 해!"

딱지할머니가 발까지 구르며 나를 내쫓았다.

정말이지 심술딱지가 따로 없다. 내가 여기 있든지 말든지 할머니가 무슨 상관인지 모르겠다.

'근데 할머니야말로 왜 자꾸 거기 오는 거지?'

이상했다. 딱지할머니 집이 이 숲에서 제일 가깝긴 하지만 할머니가 다니기엔 길이 험하고 위험한데, 도대체 뭐지? 마치 눈을 부릅뜨고 숲을 지켜야 하는 사람처럼 끈질기게 말이다.

숲에 절대 오지 말라는 딱지할머니의 엄포가 있긴 했지만, 그럴 순 없었다. 이렇게 쉽게 포기할 거였으면 시작도 안 했을 테니. 마지막으로 딱 한 번만 확인해야겠다. 이번엔 어떻게든 정체를 밝혀내야지.

토끼굴에 숨어서 여자애가 나타나기를 기다렸다. 목적이 있어서 그런지 오늘은 별로 무섭지도 않았다.

온 신경을 집중하며 기다리고 있는데, 소리가 들렸다. 뭔가를 걷어 내는 소리, 그리고 나뭇잎이 바스락거리는 소리. 소리 나는 쪽을 뚫어지게 쳐다봤다. 어둡지만 내 눈에 선명하게 보였다. 이럴 수가! 누군가 흙과 나뭇잎을 헤치며 땅속, 아니 다른 굴에서 나오고 있었다.

틀림없이 어제 그 애였다. 귀신인 줄 알았던 그 여자애 말이다. 혹시 내가 헛것을 봤나? 나는 두 눈을 비비고 다시 확

인했다. 헛것이 아니었다. 그 여자애가 확실했다.

여자애는 주변을 조심스레 살피며 숲길을 내려가기 시작했다. 마치 뭔가에 쫓기듯 조심스럽고 다급한 걸음이었다. 내 소리를 듣지 못할 만큼의 거리를 두고 나는 그 애를 따라갔다. 어찌나 신경을 쓰며 따라갔는지 나도 모르게 이를 악물고 있었다.

아무도 없는 이 길에서 그 애가 들어간 곳은 다름 아닌, 딱지할머니 집이었다.

마지막이라는 마음이었는데, 어째 일이 더 커진 기분이다. 귀신이 아닌 건 확실해졌는데 왜 하필 딱지할머니 집이냔 말이다.

할머니는 분명 혼자 살고 있는데, 그 여자애는 왜 할머니 집으로 들어간 거지? 손녀딸인가? 손녀딸이라면 땅속에서 나온 건 또 뭐지? 아……, 이상하고 궁금한 게 한두 가지가 아니다.

가을이라 해가 짧아져 칠흑처럼 깜깜했다. 딱지할머니 집이 외진 곳이라 그런지 더 그렇게 느껴졌다.

나는 살금살금 마당 안으로 들어갔다. 이미 여자애는 방으로 들어간 뒤였다. 가지런히 벗어 놓은 검정 고무신이 눈에 들어왔다.

창호지 문에 두 사람의 그림자가 비쳤다. 조용히 다가가 귀를 갖다 대었다. 호롱불로 밝힌 어두운 방에서는 할머니의 목소리만 들렸다.

"아가, 어여 많이 먹어. 굴속에서 한참 걸어오느라 얼마나 힘들고 무서웠을꼬. 일곱 살 때 와 본 할미 집을 여태 기억하고, 야무지기도 하지."

"……."

"가져간 쌀로 밥은 잘 해 먹은 거여? 오늘도 쌀자루 챙겨 놨으니 갈 때 가져가. 이 할미는 먹을 거 많으니께.

"……."

뭐라고 대답하는 거 같은데 하도 작아서 알아들을 수가 없었다. 아, 답답해.

"아무도 없으니까 걱정하지 말고 크게 말해도 돼. 할미가 귀가 먹어서 잘 안 들려."

내 마음을 아는 것처럼 할머니가 말했다.

"어마이가 음청시리 기뻐합네다. 동생들 배 안 곯게 생겼다고 말이야요. 기카구, 이제 땅굴로 댕기는 거도 참을 만합

네다."

어마이, 땅굴이라니⋯⋯, 북한 사람? 그럼 북한에서 여기까지 땅굴로 왔단 말이야? 너무 놀라서 하마터면 소리를 지를 뻔했다. 땅굴로 가족을 만나러 온다는 수철이 말이 사실일 줄이야. 근데, 북한 사람이라면 신고해야 하는 거 아냐? 경찰이 알고 나까지 잡아가면 어떡해. 별별 생각이 다 들었다.

"애비가 아프니 일도 못 하고. 그러니 지금 네 에미 혼자 애 다섯을 키우려니 굶어 죽게 생겼지. 어휴⋯⋯. 너라도 어여 많이 먹어."

땅이 꺼지라고 한숨을 쉬며 말했다. 딱지할머니가 아닌 것 같았다. 부드럽고 애틋한 말투. 그리고 걱정과 애정이 듬뿍 담긴 말투였다.

"할마이⋯⋯. 근데 이제 저도 못 오게 생겼시오. 땅굴 단속이 심해져서리. 할마이가 입구 좀 잘 막아 주시라요."

"아이고, 너라도 볼 수 있⋯⋯."

'으윽.'

나도 모르게 소리를 내 버렸다. 꿇고 있던 다리에 쥐가 나서다. 놀라서 손으로 입을 막았지만 이미 늦었다. 내 소리를 들었는지 할머니가 말을 뚝 끊었다.

들키면 안 돼! 근데 쥐가 난 다리가 말을 안 들었다. 간신히 신을 신었는데, 할머니가 방문을 우악스럽게 열어젖혔다. 큰일이다. 한쪽 다리를 절뚝이며 깜깜한 뒤뜰로 힘들게 뛰었다.

"거기 누구여!"

할머니가 잡으러 오는 소리가 들렸다. 근데 이놈의 다리가 아직도 말을 안 듣는다. 힘겹게 힘겹게 돌담을 넘으려는 순간, 딱지할머니에게 뒷덜미를 잡히고 말았다.

"덕구, 또 너여? 이 쥐새끼 같은 놈! 대체 여기서 뭐 하고 있는 거여?"

할머니가 잡아먹을 듯 말했다.

"할머니, 잘못했으니 저 좀 놔주세요, 제발요. 네?"

두 손을 싹싹 빌며 애원했다.

"여기가 어디라고 얼쩡거리고 있냔 말이여? 대관절, 응?"

할머니가 눈을 부라리며 더 큰 소리로 말했다.

"그게 아니라……. 어떤 여자애가 할머니 집에 들어가길래 궁금해서 그랬어요."

당장이라도 잡아먹을 것 같았던 할머니가 내 말을 듣고는 표정이 싹 바뀌었다.

"그, 그럼 일단 들어가서 얘기하자. 누가 보기 전에."

할머니가 말까지 더듬었다. 나는 할머니 손에 질질 끌려 방으로 들어갔다. 방에는 다 해져서 누덕누덕 기운 옷을 입은 여자아이가 보였다. 파랗게 질린 얼굴로 구석에서 오들오들 떨고 있었다. 땅굴로 왔다더니, 살이라고는 하나 없는 얼굴에 검은 티끌마저 군데군데 묻어 있었다.

찔레라고 했다. 그 아이, 아니 할머니 손녀딸 이름이. 황해도로 시집간 딸과 남북이 갈려 생이별을 했는데, 그 딸네가 지금 굶어 죽게 생겼다고, 찔레 아빠가 다쳐 꼼짝을 못 해서 온 가족이 다 죽게 생겼다고 말이다. 그리고 몸집이 작은 찔레가 땅굴로 쌀을 좀 얻으러 왔다고 했다. 하지만 이제 찔레도 이곳에 올 수 없으니 제발 못 본 척해 달라고……. 오늘이 찔레와의 마지막이라고 할머니가 애원하고 또 애원했다.

오늘따라 가을볕이 유난히 더 따사로웠다. 찔레는 북으로 잘 돌아갔다고 했다. 할머니가 땅굴 입구 막는 걸 나에게 도와 달라고 부탁했다. 땅굴 입구가 찔레 몸집보다 조금 더 큰 정도라 어렵지 않다고 말이다. 할머니와 내가 같은 공간에

서 함께 무언가를 할 줄 몰랐는데. 우리는 생각보다 손발이 척척 잘 맞았다. 할머니가 가마니로 구멍을 막으면 내가 흙을 퍼 날라다 가득 부었다. 둘이서 이 과정을 여러 번 반복했다. 이제 나뭇잎으로 잘 가리기만 하면 된다. 할머니가 낙엽을 모으려 몸을 구부렸다. 그런데 그때, 멀리서 무섭이와 수철이가 소리를 질렀다.

"덕구야아, 너 거기서 뭐 해?"

어! 아직 안 끝났는데? 큰일이다!

나와 할머니는 작은 소리로 동시에 외쳤다.

"덮어! 덮어!"

또르륵, 딸깍

이희분

재미있고 진실한 이야기를 쓰고 싶습니다.

또르륵, 딸깍

글 **이희분** | 그림 **고운산**

"아이고, 분명 챙긴다고 챙겼는데."

개성댁 할머니는 이 주머니 저 주머니 심지어 뽀글뽀글 파마머리 속도 뒤져 보았다. 500원짜리 동전은 어디에도 없었다. 임진강을 바라보는 뒷산 전망대를 오른 지 10년이 훌쩍 넘었건만 이런 적은 처음이다. 500원을 넣고 60초간 볼 수 있는 망원경 앞에서 할머니는 입맛을 쩝 다셨다. 혹시나 하고 들여다보았지만 깜깜할 뿐이다. 오늘은 고향을 못 보나 싶다.

"짤랑."

할머니가 항상 목에 걸고 다니는 복주머니에서 소리가 났다. 할머니는 색이 바랜 복주머니를 열었다. 군데군데 초록 색으로 녹이 슨 구리 동전 다섯 개가 눈에 들어왔다.

"사기꾼 같으니라고. 돈도 아닌 걸 거슬러 주고."

구리 동전 다섯 개는 잊을 수 없는 '바로 그날' 받은 거스름 돈이었다.

그날은 새벽부터 쾅쾅거리는 대포 소리와 다다다다 총소 리가 들린 날이었다. 이른 새벽, 경찰인 아버지가 비상 호출 을 받고 나서며 어머니에게 일렀다.

"전쟁이 났소. 문산 처가에 먼저 가 계시오."

어머니는 서둘러 짐을 챙겼다. 젖먹이 막내 준희는 업고 둘 째 송희 손은 꼭 잡은 채 첫째 산희를 앞세우고 빗속을 헤 쳐 나아갔다. 개성역에 들어서자 어머니는 품에서 복주머니 를 꺼내 큰딸 산희에게 건넸다.

"산희야, 어서 뛰어가서 표부터 사거라."

새벽부터 붐비는 피란민을 뚫고 산희는 용케 표를 구했다. 매표원은 표를 내주며 물었다.

"거스름돈은 동전으로 줘도 괜찮겠니?"

그때 받은 구리 동전 다섯 개는 나중에 알고 보니 돈으로 쓸 수 없는 것이었다. 열두 살 산희가 여든세 살 개성댁 할머니가 되도록 그날의 기억을 되살리는 데 쓰일 뿐이다.

"요거로 될까?"

오늘따라 할머니는 호기심이 생겼다. 구리 동전도 오랜만에 햇빛 속에서 반짝 빛이 났다.

"모를 땐 해 보면 알지."

동전 다섯 개 중 하나가 또르륵 망원경 속으로 빨려 들어갔다.

첫 번째 동전 오전 9:12

"산희야, 아이고 울 아기 어서 오너라."

개성댁 할머니는 그 자리에 얼어붙었다. 문산 외갓집으로 피란을 왔던 그날처럼 외할머니가 자기를 꼭 안아 주었다. 따듯한 품과 볼에 닿는 거친 무명 저고리가 생생했다. 개성댁 할머니는 외할머니 얼굴도 만져 보고 자기 볼도 꼬집어 보았다. 그러고는 화들짝 놀랐다. 개성댁 할머니 몸은 세월을 훌쩍 거슬러 열두 살 때로 돌아가 있었다. 생각은 여든세 살 개성댁 할머니인데 몸만 열두 살 산희가 된 것이다. 개성댁 할머니, 아니 산희는 어머니와 헤어지고 찾아간 외갓집에

서의 일을 기억했다. 그때처럼 동생 송희는 할머니 치마폭에 매달렸다. 외할머니가 송희를 안으며 그날과 똑같이 산희에게 물었다.

"엄마랑 아부지는? 준희는? 이 난리 통에 어떻게 너희끼리 온 거야, 아가?"

대답할 시간이 없다. 산희는 문산역을 향해 냅다 뛰었다.

꿈에서 매번 마주한 날, 25일. 다시 돌아갈 수만 있다면 엄마와 절대 헤어지지 않을 자신이 있었다. 그간 숱하게 많은 방법을 생각하고 또 생각해 봤으니까. 이건 선물이야. 꿈이 아니라고. 지금 집에 가면 엄마랑 아버지랑 준희를 볼 수 있어.

송희 손을 꼭 잡고 2시간여를 물어물어 걸어온 길을 내처 달렸다.

"산희야! 아가!"

외할머니가 사립문 밖에서 애타게 불렀다.

삐

58

59

딸깍.

언제나처럼 망원경은 정확히 60초가 지나자 '딸깍' 소리를 내며 렌즈를 닫았다. 렌즈가 닫히자 할머니는 다시 뒷산 전망대로 돌아와 있었다.

"아이고, 세상에."

개성댁 할머니는 풀썩 주저앉았다. 팔다리가 심하게 떨렸다. 분명 꿈은 아니었다. 온몸은 오래달리기라도 한 듯 땀범벅이고 심장은 쿵쾅쿵쾅 요동을 쳤다. 시간이 더 있었다면 문산역에 돌아갈 수 있었을까? 기차를 타고 다시 개성역으로 갈 수 있었을까? 그곳에서 가족을 만날 수 있었을까? 마침내 아픈 무릎도 잊고 벌떡 일어났다.

"모를 땐 해 봐야 알지."

개성댁 할머니는 10여 분 만에 다시 복주머니를 열었다.

또르륵.

두 번째 동전 오전 9:25

"씻으니까 좀 낫네. 자, 이거 좀 마셔, 아가."

외할머니가 산희에게 시원한 물 한 사발을 건넸다. 외할머니는 첫 번째 동전을 넣고 돌아간 과거의 일을 기억하지 못했다. 구리 동전을 넣을 때마다 원래의 과거가 되풀이되는 걸까? 마루에 앉은 산희는 꿀꺽꿀꺽 물을 마시며 생각했다. 외할머니는 우리를 맞이하고는 나와 송희 얼굴을 깨끗이 씻기셨지. 그러고 나서 지금처럼 물을 주셨어. 그게 10분 정도? 첫 번째 동전을 넣고 얼마 있다가 두 번째 동전을 넣었지? 아! 이곳 시간도 같은 속도로 흐르는구나! 구리 동전을 넣은 바로 그 시각으로 오는 거야.

"우와! 그럼!"

산희는 자기도 모르게 소리쳤다. 어쩌면 가족을 다시 볼 수 있을지 모른다. 외갓집에 온 다음 날 새벽 아버지가 찾아왔다. 사정을 전해 듣고 아버지는 엄마와 준희를 데리고 오겠다며 돌아갔다. 그 순간으로 갈 수 있다면 산희는 아버지를 다시 볼 수 있다. 생각이 여기까지 이르자 산희가 신이 나서 팔짝팔짝 뛰었다.

"송희야, 아부지랑 다시 만날 수 있어! 내일!"

송희도 덩달아 산희 손을 잡고 폴짝폴짝 뛰었다. 외할머니는 그 모습을 보고 눈물을 훔쳤다.

"어린 것들이 얼마나 놀랐으면……."

삐

"할머니! 낼 또 올게!"

"아이구야, 이를 어쩔꼬."

59

딸깍.

다음 날 아침 일찍 개성댁 할머니는 다시 망원경 앞에 섰
다. 아버지가 외갓집에 왔을 시각이 다가오자 생각한 대로
아버지를 만날 수 있을까 초조해졌다.

"모를 땐 해 봐야 알지."

또르륵.

세 번째 동전 오전 6:11

"아니야, 이건 아니라고!"

주위를 둘러본 산희가 당황한 나머지 저도 모르게 소리쳤
다. 눈물 자국이 가득한 송희가 산희 품을 파고들었다. 산희
는 기차를 타고 있었다. 외할머니 집에서 아버지를 만나야
할 시간인데 난데없이 기차라니. 기차 안은 발 디딜 틈도 없
었다. 기차 안뿐만 아니라 기차 지붕 위에도 사람들이 가득
찼다. 막 떠나온 개성역은 북한군과 개성역을 지키던 경찰
사이에 전투가 벌어진 참이었다. 산희는 창밖을 살폈다. 기

차가 미끄러지듯 빠져나온 개성역엔 총소리와 비명이 가득했다. 얼핏 준희를 업고 이쪽을 바라보는 엄마 그림자를 본 것 같기도 했다.

"엄마, 준희야."

산희가 머리를 감싸 쥐었다. 뭐가 잘못된 거지? 한참을 궁리하던 산희가 외쳤다.

"그날! 엄마랑 헤어진 날인 25일이 반복되고 있구나! 25일의 시각으로 가는 거였어!"

삐

58

59

딸깍.

다음 날 해도 뜨기 전, 개성댁 할머니는 주머니를 열었다.

"만나야 가족이지."

또르륵.

네 번째 동전 오전 5:45

"여기, 6시 문산행 표. 어른 한 장, 아이 두 장. 거스름돈은 동전으로 줘도 괜찮겠니?”

머리 위로 은은한 빛이 감도는 매표원이 산희에게 물었다.

“네, 괜찮아요. 어서 주세요.”

산희가 매표원을 향해 멋쩍게 웃었다.

“또 보네.”

매표원도 산희를 향해 보일 듯 말 듯 한 미소를 지으며 인사를 건넸다.

짤랑.

구릿빛 동전 다섯 개가 소리를 내며 산희 손바닥에 떨어졌다. 가슴이 설렘과 긴장으로 콩닥거렸다. 어머니는 대합실 왼편 화장실 앞에서 동생들과 기다리고 있을 터였다.

삑삑.

“매진입니다. 좌석도, 입석도 만석이에요. 임시 운행 열차도 마찬가지입니다. 표가 없으니 다들 돌아가세요.”

사람들이 여기저기서 소리쳤다.

“안 돼요, 지붕에라도 타게 해 주세요.”

“화물차라도 없나요?”

“아이고, 어쩌면 좋아.”

아우성이 커지고 매표소 앞으로 사람들이 몰려들었다. 짐

보따리를 이고 진 피란민들을 뚫고 나가기가 여간 힘든 것이
아니었다.

"엄마!"

이쪽을 돌아다본 엄마가 여기 있다고 손을 들었다. 보고
싶던 엄마 얼굴을 본 순간 산희는 왈칵 눈물이 났다.

"우리 딸, 왜 그래? 표를 못 구한 모양이구나. 괜찮아."

산희는 대답도 못 하고 엄마 허리춤을 꽉 껴안았다. 엄마
등에 업힌 준희가 엄마 어깨 너머로 손을 뻗어 산희 머리카
락을 잡아당겼다.

"준희야."

준희가 산희를 보고 엉덩이를 들썩였다.

이 순간이 영원히 멈추면 좋겠다.

삐

58

59

딸깍

다음 날 개성댁 할머니는 어느 때보다도 희망찼다. 그래,
아버지도 어머니도 준희도 송희도 모두 함께했던 그때로 가

자. 바로 그날 중 유일하게 온 가족이 있던 때. 아버지가 전화
를 받은 때가 이때쯤이었지. 주머니에 하나 남은 동전을 꺼
냈다.

"만나야 가족이지."

또르륵.

마지막 동전 오전 5:00

"여기, 6시 문산행 표. 어른 한 장, 아이 두 장. 거스름돈은
동전으로 줘도 괜찮겠니?"

머리 위로 은은한 빛이 감도는 매표원이 산희에게 물었다.

"어?"

이건 아닌데? 분명히 이 시간에는 집에 있었는데. 그러고
보니 텅 빈 개성역엔 자신과 매표원만 있다. 어딘가 기억과
다르다.

"이럴 순 없어. 안 돼."

산희는 그 자리에 주저앉아 울었다. 마지막 동전을 이렇게
써 버리다니. 한참을 울어도 속상한 마음이 가시지 않았다.
물끄러미 산희를 바라보던 매표원이 자리에서 일어나 산희
에게 다가왔다.

"꼬마야, 이 동전을 받은 때부터 시작된단다. 자, 받아. 이건 특별 선물이야."

여전히 빛으로 둘러싸인 매표원이 보일 듯 말 듯 한 미소를 지었다. 산희 손바닥 위에 구릿빛 동전 하나가 반짝였다.

삐

"꼬마야! 오늘만 쓸 수 있는 동전이야!"

59

딸깍.

개성댁 할머니는 돌아오자마자 손바닥을 펴 보았다. 동전은 없었다. 왈칵 서러움이 올라왔다. 순간 할머니 눈에 달랑거리는 복주머니가 보였다. 다섯 개 동전을 모두 썼으니 분명 비어 있을 테지만 혹시나 했다. 할머니는 크게 심호흡을 하고 주머니를 열었다.

"아! 진짜로 있네!"

개성댁 할머니는 입꼬리를 실룩거렸다. 웃는 것 같기도 우는 것 같기도 했다.

할머니는 망원경 앞에 앉아 곰곰이 생각했다.

"특별한 동전이지, 암. 없던 게 생겼으니."

개성댁 할머니가 뽀글뽀글 파마머리에 동전을 비볐다. 구리 동전이 반짝반짝 윤이 났다.

"어쩌면 이건 다를지 몰라. 누가 알아? 이 동전으로 돌아가면 무언가 바꿀 수 있을는지."

돌아가려고 마음먹은 시각이 되자 할머니는 다시 입술을 꼭 다물었다. 모를 땐 해 보면 알지.

"함께해야 가족이지."

또르륵.

특별한 동전 오전 6:00

개성역 박공지붕 위로 솟아 있는 시계탑의 바늘이 6시를 가리키자 사람들이 뛰기 시작했다.

"산희야, 송희 놓치지 말고."

"엄마, 여기서 나가야 해!"

준희를 업은 엄마가 사람들로 가득한 구름다리를 헤쳐 나아갔다.

"엄마 제발! 기차를 타면 안 돼!"

플랫폼에 들어서서도 산희는 엄마 손을 뒤로 잡아끌었다.

문산행 임시기차가 곧 출발할 거라는 기적이 울렸다. 그러자 승강장은 막무가내로 밀고 들어오는 사람들로 순식간에 아수라장이 되었다.

"먼저 타, 어서!"

엄마는 산희와 송희를 앞으로 들이밀었다.

"싫어, 안 타! 절대 안 타!"

"무슨 소리 하는 거야, 어서 타."

"인민군이다!"

어디선가 다급한 목소리가 들리더니 곧이어 탕 타당 총소리가 났다. 비명과 고함, 탄식이 가득했다. 엄마는 준희를 돌려 안고 그 자리에 엎드렸다. 산희도 엄마 옷자락을 꼭 쥐고 앉았다. 그래 헤어지지 않아. 함께해야 가족이니까. 기차는 절대 타지 않아.

"송희는?"

엄마가 새파랗게 질린 얼굴로 사방을 둘러보며 몸을 세웠다.

"엄마! 언니!"

그 와중에 송희가 문산행 기차 안으로 휩쓸려 들어갔다.

"싫어. 엄마랑 헤어지지 않을 거야."

산희는 자기에게 다짐이라도 하듯 고개를 저었다. 송희 소리가 또 들릴까 봐 귀를 막았다. 기차가 천천히 움직이기 시작했다. 산희와 엄마 눈이 마주쳤다. 그 순간 누가 먼저랄 것도 없이 기차를 향해 뛰었다.

"엄마! 나랑 기차 같이 타야 해! 꼭!"

산희는 엄마 손을 놓칠세라 꽉 잡았다. 기차가 출발하자 다급해진 사람들이 우르르 몰려들었다. 경찰들은 총을 들고 한 방향으로 뛰어갔다. 귀를 찢을 듯한 총소리가 무섭게 울려대는 사이 손을 놓친 가족을 찾는지 사방에서 애타게 이름들을 불러댔다. 기차 지붕 위까지 올라타는 사람들, 뜯긴 옷고름을 꼭 쥐고 우는 아이, 총을 맞고 쓰러져 신음하는 사람들로 어지러웠다. 산희와 엄마는 자꾸 우악스럽게 파고드는 사람들 뒤로 밀려났다. 순간 산희 몸이 붕 떴다. 엄마가 산희를 들어 올려 기차에 태우려 했다. 기차 안에서 내민 여러 개의 손이 산희를 붙잡아 주었다.

"싫어! 엄마도 같이 가!"

돌아본 엄마는 기차를 따라 뛰고 있었다. 산희가 엄마 손을 붙잡으려 힘껏 팔을 뻗었다. 엄마도 산희 손을 잡으려 손을 뻗었다.

"엄마, 내 손 잡아!"

엄마 손이 산희 손끝에 닿았다.

"조금만, 엄마. 조금만 더!"

산희는 목이 터져라 외쳤다. 산희가 가까스로 엄마 손을 잡았다. 마주친 엄마와 산희 눈에서 희망이 반짝였다.

"됐어!"

이번엔 달라. 엄마와 헤어지지 않아. 산희는 벅찬 마음으로 엄마를 힘껏 잡아당겼다.

"산희야!"

엄마가 산희를 보며 다급하게 외쳤다. 갑작스레 기차에 뛰어든 아저씨가 산희 손을 치고 말았다. 엄마 손이 산희 손에서 미끄러지듯 빠져나갔다.

"안 돼! 엄마 없이 나 못 가! 싫다고!"

산희는 기차 난간 밖으로 있는 힘껏 손을 내밀며 울부짖었다. 눈물이 가득 차오른 산희는 절망했다. 그때처럼 엄마는 안간힘을 다해 달리는데도 자꾸 뒤처졌다. 힘껏 달리던 엄마가 힘에 부쳐 무릎을 짚고 숨을 헐떡였다. 엄마는 울음을 참느라 입에 힘을 주면서도 산희에게 미소를 짓고 있었다. 산희가 마지막으로 보았던 모습 그대로 엄마가 고개를 끄덕이며 어서 가라고 손짓했다.

"엄마! 준희야!"

그때 미처 못한 작별 인사를 하려다 마지막 말은 터져 나오는 울음과 함께 삼켜 버렸다. 이번엔 안 울 거야. 바보처럼 울다가 엄마 모습을 놓치지 않을 거라고. 산희는 울음을 꾹 참았다. 눈을 부릅뜨고 엄마 모습을 끝까지 담아 둘 셈이었다. 빗방울이 얼굴을 적셔도 주위 어른들이 위험하다고 잡아끌어도 난간 밖으로 몸을 내밀어 엄마를 바라보았다. 엄마는 승강장 맨 끝까지 달려와 손나팔을 만들고는 간절한 표정으로 뭐라고 말했다. 허리를 굽혀 가며 마지막 힘을 쥐어 짜내듯 산희를 향해 외쳤다. 70여 년을 지나 이제야 듣게 된 엄마의 말이었다.

"산희야! 넌 강한 아이야, 알지? 어디에서든 살아만 있어! 엄마가 꼭 찾아갈게!"

딸깍.

뒷산 전망대에는 옛날의 아우성도 기차 소리도 엄마 목소리도 사라지고 없었다.

개성댁 할머니는 망원경을 붙들고 엎드려 흐느꼈다. 엄마와 준희를 놓고 싶지 않았다. 그간 쌓인 그리움이 한꺼번에 몰려오는 것 같았다.

한참을 울고 난 할머니가 몸을 일으켜 임진강 너머를 바라보았다. 좀 전에 떠나온 개성역이 저 너머였다.

"엄마, 나 어때요? 보따리 장사부터 시작해서 지금은 어엿한 개성슈퍼 사장이어요. 그거로 엄마 손자 손녀까지 잘 키우고, 송희 고것도 가르쳐서 미국서 교수까지 하고, 이만하면 씩씩하게 잘 산 거지요. 엄마?"

할머니가 울음을 참으며 미소를 지었다.

목에 건 복주머니가 바람에 흔들리며 할머니 뺨을 스치고 지나갔다.

"아이고, 꼭 울 엄마가 그렇다고 해 주시는 거 같네."

할머니가 빙그레 웃었다. 엄마가 마지막으로 어린 산희에게 전한 말은 이제야 할머니에게 찾아와 할머니를 어루만졌다. 텅 빈 복주머니였지만 할머니는 어느 때보다도 소중하게 품에 넣었다. 구리 동전 다섯 개보다 더 큰 무언가로 채워졌기 때문이다.

개성댁 할머니가 탁탁 옷 먼지를 털었다. 할머니는 씩씩한 발걸음으로 뒷산을 내려갔다.

"그래, 오늘도 해 보는 거여."

부풀부풀
고양이

박경희

세 아이를 무릎에 앉혀 놓고 동화를 읽어 주다 이제는 제가
동화의 매력에 빠져 읽고 쓰게 되었어요. 내 인생에서 제일 잘한 일!
앞으로 쭉 잘하고 싶은, 설레는 일이 되길 바랍니다.

부풀부풀 고양이

글 **박경희** | 그림 **박훤, 소석**

봄볕이 따사로운 오후였어. 수요일은 학교도 일찍 끝나고 학원 수업도 없어서 기분이 끝내주게 좋아.

'퐈아…촤아…추충… 슝!'

신이 난 내 다리는 땅을 디딜 새도 없이 돌려차기로 신발 주머니를 여러 차례 찼어. 그런데 아파트 후문에 들어서자 화단에 앉아 있던 고양이 한 마리가 나를 빤히 쳐다보는 거야. 하얀 몸통에 회색 털이 섞여 있고 머리 위로 구름 모양의 털이 솜사탕처럼 몽실몽실하게 부풀려져 있는 처음 보는 고양이였어. 고양이는 아직 피지 않은 달맞이꽃 꽃망울에다 코를 갖다 대며 말했어.

"너희 할아버지가 좋아하는 꽃이네?"

"그걸 어떻게 알았어? 근데, 너 말하는 거 맞지? 내가 잘못 들은 거 아니지? 어떻게 고양이가 말을 해?"

나는 깜짝 놀라 벌어진 입을 다물지 못하고 두 눈을 비비고 두 귀를 팠어. 내가 고양이 말을 듣고 고양이한테 말을 하다니 하느님, 맙소사!

내가 궁금한 걸 묻는 동안 고양이는 신발주머니를 툭툭 건드리면서 내 주변을 빙글빙글 돌았어.

"놀랐니? 정식으로 소개할게. 나는 부풀부풀 고양이라고 해."

앞발을 가지런히 모으고 인사하는 모습이 제법 믿음직스러워 보였어. 나는 고양이가 하는 말을 하나도 놓치지 않으려고 고양이 쪽으로 몸을 기울였지.

"난 하늘나라 망각의 강에 있는 부풀부풀 열매를 지키고 있어. 어쩌면 네 할아버지가 나를 보낸 거라고 할 수도 있지."

"우리 할아버지를 알아?"

"그럼, 알지. 최광식, 황해북도 개풍군 임한면 하조광리 20번지. 이 달맞이꽃도 할아버지가 씨를 뿌려 키운 거잖아."

고양이가 말하는 것도 신기했지만 할아버지 이름과 어릴 적 고향 주소를 알고 있어서 더 놀라웠어. 다정한 고양이 목소리에 내 심장은 콩콩 뛰었어. 할아버지 어릴 적 살던 고향 집은 도라산 전망대에서 보여. 망원경으로 할아버지와 여러 번 본 곳이거든. 할아버지는 늘 나를 데리고 다니고 나랑 뭔가를 하는 걸 좋아했었지. 내 마음을 누구보다 잘 알아준 사람도 할아버지였어. 학교 입학하기 전까지 길에 내가 혼자 다니면 사람들은 할아버지 어디 있냐고, 웬일로 혼자냐고 물어볼 정도였다니까.

　"좀 골치 아픈 일이 생겼어."

　"골치 아픈 일?"

　"네 할아버지는 죽어서 여러 날 걸려 망각의 강에 도착했어."

　나는 얼마 전 할아버지가 돌아가신 날이 생각나서 눈을 감고 침을 한번 꿀꺽 삼켰어.

　"하늘나라에서 망각의 강을 건너는 건 축복이야. 땅 나라에서 있었던 괴로운 일들은 다 잊고 새로운 삶을 살게 되거든. 그런데 네 할아버지는 강을 건너는 대신 부풀부풀 열매를 따 먹었어. 내가 잘 지켰어야 했는데……. 지금 열매가 딱!

꽉! 아주 꽉! 네 할아버지 목에 걸려 있어. 지금. 할아버지 가슴부터 서서히 돌로 굳어 가고 있다고."

부풀부풀 고양이 이야기를 들으니 내 목에도 열매가 걸린 것처럼 답답하고 불편했어.

"돌로 굳어 간다고? 어떡해?"

"그래서 내가 온 거야. 너 할아버지의 소중한 물건을 알고 있지? 그 물건을 내가 가져가면 할아버지가 열매를 '캑' 하고 뱉어 낼 거야. 그럼 할아버지는 망각의 강을 건널 수 있어. 빠르면 빠를수록 좋아. 어서 서두르자!"

부풀부풀 고양이 목소리는 몹시 다급했어. 어렵고 복잡한 수학 문제를 푸는 것처럼 내 머릿속은 복잡했지. 할머니는 요즘 할아버지가 쓰던 옷이랑 물건을 정리하고 있어. 죄다 버릴 거라고 하는데, 어떻게 그래? 난 할머니 몰래 휴대용 라디오와 할아버지 방에 있던 알람 시계를 챙겼어. 휴대용 라디오는 할아버지 손가락만 해. 할아버지가 목에 걸고 다니셨어. 할아버지와 내가 화단을 가꿀 때마다 켜 놓고 같이 방송을 듣던 건데. 할아버지의 손길이 닿아 반들반들해진 라디오는 절대 버릴 수 없어.

"그래, 라디오야. 집에 가서 가져올게."

"나도 같이 가."

"안 돼. 넌 여기서 기다려."

고양이를 데려가면 내가 라디오를 몰래 가져간 걸 할머니에게 들킬 거야. 할머니는 구닥다리 라디오라고 당장 버리라고 할 테니까. 고양이는 내 말대로 달맞이꽃 앞에 얌전히 앉아 빨리 다녀오라며 재촉했어.

할머니는 할아버지 물건을 치우느라 바빠서 내가 온 줄도 몰라. 그 틈에 책상 서랍에 넣어 둔 라디오를 들고 살금살금 집을 빠져나왔어. 할아버지가 돌이 될까 봐 몹시 걱정스러웠거든. 나를 본 부풀부풀 고양이가 한달음에 달려왔어. 고양이는 라디오를 이리저리 살피면서 흡족한 표정을 지었지.

"이렇게 금방 찾다니……, 고마워. 최완!"

고양이는 몽실몽실 부풀어 오른 머리털을 세우고는 라디오를 목에 걸고 화단으로 잰걸음을 쳤어. 화단 주변으로 흙바람이 살살 불어왔지. 고양이는 달맞이꽃 아래서 몸을 작게 웅크렸어.

"잠깐! 잠깐만, 할아버지가 부풀부풀 열매 뱉어 낸 걸 내가 어떻게 알 수 있어?"

"비가 내릴 거야. 햇빛이 반짝반짝한 날씨여도 비가 내릴 거야. 냥 냥 냥 부풀부풀 냥냥, 흐놀흐놀 고고!"

흙먼지가 일어 눈을 잠시 감았다가 떴더니 고양이는 순식간에 사라지고 없었어.

'뭐야······.'

궁금한 것 수십 가지가 입안에 맴돌아서 아쉬웠지. 얼마 전부터 피기 시작한 달맞이꽃도 할아버지가 궁금했나 봐. 노란 꽃망울이 살짝 벌어졌어. 초록 이파리에서 꽃망울이 노랗게 고개를 들고 피기 시작하면 달맞이꽃에 귀가 있기라도 한 듯 할아버지는 꽃 앞에서 시간 가는 줄 모르고 이야기를 했었지. 환하게 웃으며 이야기했지만, 할아버지 뒷모습을 보고 있으면 좀 슬프기도 했어.

할머니는 달맞이꽃만 피면 저런다고 못마땅해했지. 어릴 적 동생과 함께 고향 집 뒷마당에다 달맞이꽃 씨앗을 뿌려 놓고, 꽃이 피는 걸 보지 못한 채 군대에 갔대. 여동생이 말린 달맞이꽃을 편지에 함께 넣어 군대로 보내왔다는 이야기를 할 때마다 할아버지 눈가에는 눈물이 촉촉하게 맺혔지.

'할아버지?'

노란 달맞이꽃에게 나도 뭐든 이야기하고 싶었나 봐. 달맞이꽃이 살짝 흔들리는데, 할아버지가 내 곁에 있는 것만 같았어. 자꾸 할아버지라는 말이 입에서 맴돌아.

"아니야, 라디오가 아니었어!"

부풀부풀 고양이가 달맞이꽃 아래로 갑자기 모습을 드러냈어. 이렇게 금방 나타날 줄은 생각도 못 했는데 말이야.

"뭐야? 아, 라디오가 아니었어? 할아버지는 그럼?"

그때 베란다에서 할머니가 창문을 열고 나를 부르는 소리가 들렸어. 고양이는 할머니 목소리가 들리는 방향으로 고개를 돌렸어. 기다렸다는 듯이 달리기 시작했지. 나도 허둥지둥 가방을 메고 고양이를 따라갔어. 역시나 현관문 앞에서 할머니는 고양이와 함께 있는 나를 보고 인상을 썼어. 고양이를 집어 들어 바깥으로 던지듯이 내려놨지.

"길거리 살던 짐승은 집에 들이면 못써!"

문을 닫고 돌아섰는데 고양이는 어느새 집으로 들어와 있는 거야. 할머니는 현관문과 고양이를 번갈아 쳐다보면서 눈이 동그래졌어.

"안녕하세요. 먼저 큰절부터 올리고 싶은데 괜찮을까요. 부풀부풀 고양이라고 합니다."

고양이는 뭔가 단단히 마음먹은 것처럼 의젓하게 할머니

앞에서 큰절까지 하는 거야. 할머니는 믿기지 않는 표정이었지만 의자에 앉으며 고양이를 찬찬히 살폈지. 할머니도 나처럼 고양이가 믿음직스러워 보였나 봐.

"뭐야? 생김새도 이상하다 했더니 말도 할 줄 알아?"

"할머니, 부풀부풀 고양이가 할아버지 이름이랑 어릴 적 살던 집 주소도 알고 있어요."

"6·25 전쟁 나서 흔적도 없는 동네를 맨날 혼자서 보인다, 보인다고 했던 거기를 고양이가 어찌 알아?"

"할아버지가 땅 나라에서 살던 기억 중 잊고 싶지 않은 것이 있었나 봐요. 부풀부풀 열매는 기억을 최대한 부풀려 과거의 어느 한순간에 머물게 해요. 할아버지는 어릴 적 살던 그 집 기억에 마음이 멈춰 있어요."

고양이는 할머니에게 하늘나라에 있는 할아버지 이야기를 자세히 들려줬어. 고양이가 이야기하는 동안 할머니는 가슴을 꼭 쥐고 눈을 떴다 감았다 했지. 나보다 더 머릿속이 복잡한지 멍하니 벽을 쳐다보기도 했어. 나는 할아버지 물건이 가득 든 상자를 살폈어. 할머니가 빨리 상자를 열었으면 했거든.

"그래서? 계속해 봐요."

할머니는 부풀부풀 고양이를 다그쳤어.

"저, 그러니까……. 망각의 강 앞에서 석상이 된답니다."

"잉, 석상? 그럼 돌이 된다는 거야? 안 되겠구먼. 앞장서요. 앞장서. 내가 가서 좀 봐야겠어."

"할머니, 하늘나라를 어떻게 간다고 그래?"

"아니, 고양이는 재주가 좋아서 말도 하는데, 나를 왜 못 데려가?"

나는 어떻게 해야 할지 몰라 할머니를 붙잡고 고양이를 보면서 고개만 절레절레 흔들었어. 고양이는 눈을 찡긋하면서 태연하게 몽실몽실한 머리털을 정돈하는 거야. 급하다고 안절부절못하던 고양이가 맞나 싶었다니까.

"할머니, 만두! 할머니가 만든 애호박 넣은 만두, 할아버지가 개성만두 좋아했잖아요. 그거 소중한 거 아니에요? 그거 만들어서 보내요. 그래야 할아버지가 돌이 되지 않을지도 몰라요."

"쳇! 만두를 좋아하긴? 틈만 나면 술 마시고 아파트 단지 떠나가도록 한 많은 대동강인지 임진강인지 하는 노래 부르는 걸 젤 좋아했지. 북에 두고 온 동생들 찾는다고 중국 브로커인가 쁘라카한테 네 아버지 대학 등록금까지 주고, 내가

죽을 때는 곱게 죽는다고 웬일인가 했다, 했어. 어이구, 어리
석어도 한참 어리석은 사람이랑 내가 평생 고생고생하면서
살았지 뭐냐. 어쩜 죽어서도 내 속을 썩여, 내 속을……. 빨리
앞장서요. 고양이 양반, 내가 가서 그 열매 캑! 뱉어 내게 할
테니까."

할머니는 당장이라도 집을 나설 듯 현관문을 향하며 말했
어. 나는 눈앞이 캄캄했지.

"그 양반이 얼마나 동생하고 부모님이 보고 싶었으면 그
부풀인가를 따 먹고 고향 집에 가 있겠수? 아이고, 이 양반
아, 어째 거기까지 가서 그러고 있어. 이 일을 어째."

"할머니가 가신다고 해결될 문제가 아니에요. 제가 도와드
리러 왔잖아요. 걱정하지 마세요. 소중한 물건이면 돼요. 할
아버지의 소중한 물건이면 해결된답니다."

부풀부풀 고양이는 할머니 앞에 앉았어. 할머니는 소매 끝
으로 눈물을 닦았지. 고양이와 나를 번갈아 보면서 방으로
들어갔어. 서랍장을 여닫는 소리가 나고 할머니가 손에 뭔가
를 들고나오는 거야.

"이게 있긴 한데……. 완이 아빠가 생일 선물로 사 준 거,

금테 두른 거라 아주 비싸게 주고 샀지."

"아, 할머니 이거 가지고 있었어요? 할아버지 이 안경 쓰면 고향 땅도 더 잘 보인다고 했잖아요?"

고양이는 안심이 되고 기분이 좋은지 할머니 발밑에 벌렁 누워 배를 내밀고 뒹굴뒹굴했어. 할머니는 안경을 손에 들고 고양이를 내려다봤지.

"안경을 가져가겠습니다. 할머니에게 오길 잘했어요."

왜 그런지 할머니는 손에 안경을 꼭 쥐고 내려놓지 않았어. 할머니가 서랍장 안에 꽁꽁 넣어 뒀던 할아버지의 소중한 물건이라 망설여지는 게 당연한 걸까. 고양이는 할머니 생각을 눈치챘는지 얼른 일어나 배 앞에 공손하게 다시 손을 모았어.

"할아버지가 망각의 강 앞 석상이 되면 자손들한테 좋을 것이 없습니다. 한마디로 하는 일마다 족족 안 된……."

"잉? 이거 소중한 물건이 분명하니까 얼른 가져가, 얼른."

할머니는 정신이 번쩍 난 사람처럼 고양이 이야기가 끝나기도 전에 안경을 내밀었어. 그런 이야기를 왜 더 빨리하지 않은 거냐고 목소리까지 높였지. 고양이는 안경을 부풀부풀 머리털에 꽂고 현관문을 통과해서 재빨리 달려 나갔어.

"어디로 가는 거여? 저 고양이가?"

나는 할머니 손을 잡고 베란다 창문으로 갔어. 화단에서 불어오는 바람이 2층 창문까지 전해졌지. 시원한 바람에 기분이 좋았어.

부풀부풀 고양이는 화단에서 주문을 외우더니 순식간에 사라지는 거야. 할머니는 꿈인가 생시인가 한참 동안 화단을 멀뚱멀뚱 바라봤지. 에구구 소리를 내면서 할머니가 마룻바닥에 그대로 누웠어. 나도 할머니 옆에 벌렁 누웠지. 할아버지가 찾는 소중한 물건이 맞으면 해가 나도 비가 올 거라고, 차근차근 할머니에게 말해 줬어. 할머니는 내 이야기에 고개만 끄덕거렸지.

"꼬르륵, 꼬륵."

비가 오기를 기다리고 있는데, 내 배에서 배고프다는 신호를 보내왔어.

"할머니 배고파. 라면 먹고 싶어."

"나도 한 젓가락 먹어야겠다. 먹고 정신 차려야지. 가서 좀 사 와라. 너무 매운 거 말고. 속 버린다."

마트에 들어서자마자 주인아줌마가 아이스크림을 하나 꺼

내 줬어. 그동안 할아버지 덕분에 화단에서 가꾼 채소를 잘 먹었다면서, 고맙다고 말이야. 아줌마도 하늘나라로 떠난 할아버지가 보고 싶은가 봐. 달콤한 아이스크림 때문인지 칭찬 때문인지 기분이 아주 좋아졌어.

천천히 걸어서 화단 앞까지 왔어. 더위에 지친 꽃들이 시무룩해 보여. 이제 곧 비가 올 테니까 물을 주지 않아도 될 것 같아. 다행히 부풀부풀 고양이는 보이지 않아. 안경을 보고 할아버지가 좋아서 열매를 뺄어 내는 중일까? 후드득, 비가 떨어질 것 같아 서둘러 집으로 달려갔어.

"라면을 옆 동네로 사러 간 줄 알았다. 왜 이리 오래 걸렸어?"

"마트 아줌마가 텃밭 채소 잘 먹고 있다면서 아이스크림을 공짜로 줬어요."

할머니는 내가 기특해 보인 건지 내 엉덩이를 토닥이면서 냄비에 라면을 넣었어. 라면 끓이는 냄새에 배가 더 고팠어. 나는 얼른 젓가락을 집어 들었지.

"완이야, 왜 비가 안 온다니? 네 할아버지 물건 중에 그 안경만큼 비싼 건 없는데 말이야."

나는 일부러 후루룩 소리를 크게 냈어. 할머니는 라면이

별로 맵지 않았는데 자꾸 물을 들이켰어.

"할머니, 아까 학교에서 오면서 아빠랑 잠깐 통화했는데 가게에 사람들이 엄청나게 몰렸대요. 줄까지 서고 정신이 없대."

"그렇게 잘된대? 그래, 그래야지. 네 어미 아비가 좀 고생을 많이 했냐? 난 딴 걱정은 하나도 없어. 항상 네 아빠 걱정이지."

장사가 잘된다는 소식에 할머니 얼굴이 환해졌어. 나는 할머니 몰래 베란다 창문을 힐끔거렸지. 할머니는 설거지하는 동안에도 여러 번 한숨을 내쉬었어. 어느새 창밖이 어둑어둑해졌는데, 비는 왜 안 오는 거지? 나는 물통에 물을 받아 화단으로 갔어. 달맞이꽃이 꽃망울을 활짝 터트렸어.

"달맞이꽃아, 꽃을 피웠구나."

난 할아버지 흉내를 내며 말을 걸었지.

"너도 할아버지 보고 싶지?"

"……."

"할아버지가 부풀부풀 열매를 뱉었을까? 네 생각은 어때?"

달맞이꽃도 그건 잘 모르겠나 봐.

그때 화단 속에서 소리가 났어.

"어푸어푸, 그만, 그만 뿌려. 너무 차가워."

"앗! 깜짝이야."

"뭐야, 다 젖었잖아. 이게 뭐야, 나 물 묻는 거 싫어하는데……."

"안경도 아니었어?"

갑자기 나타난 고양이 모습에 한숨이 나왔어. 물에 젖어 그런 건지 고양이 모습은 처음보다 볼품없어 보였어. 나는 걱정스러운 마음에 물통을 내려놓고 고양이 옆에 앉았지.

"할아버지 얼굴에 안경을 여러 번 씌워보고 기다려 봤는데 아니었어. 괜히 시간 낭비만 했다고……. 아무래도 안 되겠어. 할머니한테 다시 물어봐야지."

"잠깐만 있어 봐."

나는 부풀부풀 고양이를 붙잡았어. 머릿속이 복잡한 실타래가 한 묶음 들어 있는 것처럼 뒤죽박죽이었거든.

"난 네 할아버지를 도와주고 싶어. 아니, 사실대로 말할게. 완이야, 내가 좀 급해. 급하다고! 오늘 안으로 그 소중한 물건을 찾아야 해. 누구를 만나서든 반드시 찾아야 한다고."

고양이가 털을 곤두세우고 발까지 동동 구르면서 울먹거려 내 마음도 울적했어.

"내가 부풀부풀 열매를 왜 못 지켰는지 알고 싶어? 잠깐 졸았을 뿐이야. 졸았을 뿐이라고……. 그 벌로 '구린 기억 저장소'를 한 달간 청소할 수는 없어. 정말 끔찍해. 그곳이 얼마나 냄새가 지독한데……. 부풀부풀 고양이들은 다 싫어해. 제발도와줘. 냐아앙, 으아앙, 다 네 할아버지 때문이야!"

고양이 머리 위에 작은 번개들이 번쩍거려 정신이 없었어. 할머니가 베란다 창문을 열고 우리를 볼까 봐 가슴이 조마조마했지. 나는 고양이를 진정시키려고 품에 꼭 안았어.

"진정해. 그런데 넌 왜 항상 이 화단에서 나타나는 거야? 처음부터 그랬잖아?"

"그건, 나도 몰라! 이젠 정말 시간이 없어."

"잘 생각해 봐. 이상하잖아. 다른 데가 아닌 꼭 여기. 사라질 때도 그렇고……."

나는 버둥거리는 고양이를 가만히 달맞이꽃 아래 내려놓았어. 노란 달맞이꽃 아래에서 고양이는 편안해 보였어.

"혹시 할아버지가 이곳으로 보내는 걸까?"

고양이는 조심스럽게 말을 했어.

"할아버지는 달맞이꽃을 보면 가슴속에 폭포처럼 흘러넘치는 슬픔이 멈추는 것 같다고 했거든. 달맞이꽃이야, 달맞이꽃! 할아버지는 달맞이꽃이 폈는지 보고 싶은 거야."

나는 제일 환하게 핀 달맞이꽃 한 송이를 부풀부풀 고양이 머리털에 꽂았어.

"이거……, 이걸 가져가. 오늘 처음으로 핀 달맞이꽃이야. 할아버지가 좋아할 거야."

"냥 냥 냥 부풀부풀 냥냥, 흐놀흐놀 고고."

고양이는 언제 울었냐는 듯 신나게 달맞이꽃을 머리에 꽂고 사라졌어.

"완이야, 뭐 하냐? 갑자기 무릎도 아프고 손목도 시큰시큰하다. 비가 진짜 오려는 건가?"

할머니가 베란다 창문에서 소리쳤어. 그러자 하늘에서 부풀부풀 고양이 머리털 같은 몽실몽실한 구름이 뭉게뭉게 여기저기 생겨나고 있는 거야. 톡, 톡톡, 빗방울이 얼굴 위로 떨어졌어.

"할머니, 내 얼굴에 빗물 떨어졌어요. 내려와 봐요!"

나는 신이 나서 소리쳤어. 할머니는 신발도 대충 구겨 신고 밖으로 나왔어. 하늘에 구멍이 뚫린 것처럼 굵은 빗방울이 쏴아 쏴아아 쏟아졌어.

"그 안경이 맞았네, 맞았어. 평생 비싼 물건 하나 못 가져 보더니 그거 두고 간 게 그렇게 아까웠수?"

할머니는 하늘을 올려다보고 할아버지가 들을 수 있게 큰 소리로 말했어.

"영감, 이젠 건너가요. 그 징글징글한 전쟁의 아픔도 그리움도 다 잊고 새로운 기억으로 살아요. 어서 건너가요."

할머니는 손으로 살살 달맞이꽃을 쓰다듬으며 말했어.

지금쯤 할아버지는 달맞이꽃에 전한 내 말을 들었을까? 무슨 말을 했냐고? 음, 그건……, 쑥스럽지만, 할아버지를 사랑한다고 말했어.

셀마와
마금순

김지하

사진을 통해 내면의 이야기와 만나는 일을 합니다.

두 아이를 키우며 동화를 읽고 어린이의 세계를 다시 만나고 있습니다.

셀마와 마금순

글 **김지하** | 그림 **김자람**

빵빠아앙!

"이 녀석아, 차 소리 안 들려? 몇 번을 눌렀는데!"

"앗, 죄송합니다!"

나는 길가로 얼른 비켜섰다. 날카로운 아저씨의 목소리와 함께 트럭이 쌩하고 지나갔다. 그 바람에 떨어진 신발주머니를 주워서 먼지를 터는데 또 귀가 찌릿하게 울리는 큰 소리가 났다.

"아이고, 내가 못 산다 못 살아!"

길 건너 화단에서 할머니 한 분이 무언가를 찾고 있었다. 나도 모르게 발길이 그쪽으로 향했다. 가까이 가서 보니 할

머니가 땀을 삘삘 흘리며 화단 여기저기를 꼼꼼히 살펴보고
있었다. 날도 더운데 대체 뭐 하고 계시는 거지? 집으로 그냥
갈까 하다가 나도 모르게 묻고 말았다.

"할머니! 뭐 하세요?"

"에구머니나!"

내 쩌렁쩌렁한 목소리에 깜짝 놀란 할머니가 엉덩방아를
찧으며 주저앉았다. 바로 그때 고개를 돌린 할머니와 눈이
딱 마주쳤다. 순간 아차 싶었다. 마녀 할머닌 줄 알았으면 그
냥 갈걸. 엄마 말대로 난 이놈의 호기심이 문제다.

마녀 할머니는 우리 반 친구들 사이에서 유명한 할머니다. 얼마 전에는 애들 몇 명이 정류장 의자에 앉아 게임을 하고 있는데 할머니가 어떤 아줌마한테 소리를 고래고래 지르는 걸 봤다고 했다. 어떨 땐 혼자서 핸드폰으로 사진을 찍어 대며 중얼거린다고 했다. 마치 주문을 외우는 것처럼 말이다. 할머니한테 잘못 걸리면 못된 저주에 걸릴지도 모른다는 소문이 아이들 사이에 파다했다.

"엥? 난 또 누구라고……. 몇 달 전에 이사 온 그 이상한 사람들 집 아이구먼."

할머니는 혼잣말처럼 중얼거리며 엉덩이를 털고 일어났다.

"이사 온 건 맞는데요, 이상한 사람들은 아니거든요?"

나는 입을 삐쭉 내밀고 소리쳤다. 아무리 마녀 할머니라도 그렇지, 우리 가족을 이상한 사람 취급하는 건 못 참는다.

"아무튼 그 뭐냐? 너네 엄마, 아빠는 한국말도 잘 못 하더구먼!"

"그야 당연하죠. 한국 사람이 아니니까요. 우리는 예멘에서 왔거든요."

내 말에 할머니 눈이 커졌다.

"뭐? 애맹?"

"아니요, 예멘요. 예! 멘!"

"몰라 난! 예멘이고 나발이고! 그나저나 대체 어디 있는 거야?"

할머니가 뭘 찾는지 점점 더 궁금해졌다.

"뭘 그렇게 찾고 계세요?"

"쪼그마한 게 말도 많네! 얼른 집에 가서 밥이나 먹어!"

"학교에서 밥 먹었거든요! 도대체 뭘 찾으시는데요, 네?"

계속 호통만 치는 할머니를 무시하고 그냥 갈까도 생각했지만, 땀을 줄줄 흘리며 어쩔 줄 몰라 하는 모습을 보니 자꾸만 호기심이 일었다. 게다가 이상하게도 할머니는 내 목소리가 크다고 구박하지 않았다. 나를 처음 보는 사람들은 대개 내가 너무 큰 소리로 말해서 정신이 하나도 없다고 타박하기 일쑤인데, 할머니도 나만큼이나 목청이 커서 그런가?

"참나, 쪼그만 게 고집도 세네! 그럼, 여기 주변에 빨간색 핸드폰 떨어진 거 있나 좀 봐라!"

"핸드폰요? 헐! 할머니, 얼른 저랑 같이 찾아봐요!"

결국, 내 오지라퍼 성격이 나와 버렸다. 게다가 핸드폰이라니!

"할머니, 여긴 없는 거 같아요. 핸드폰 들고 어디 어디 가셨는데요?"

할머니는 여전히 날 못 믿는 눈치였지만 내 질문에 잠시 생각을 하는 것 같았다.

"아침나절엔 한글 배우러 노인정에 갔지. 그리고 나와서는 저 아래 문방구에 갔다가 집으로 간 게 다인데."

"노인정이랑 문방구요?! 그럼 저랑 같이 거기로 가서 찾아봐요!"

순간 엄마의 얼굴이 떠올랐다. 오후에 나랑 같이 예멘에 있는 이모와 화상통화를 하려고 내가 오기만 기다리고 있을 텐데⋯⋯. 일주일에 딱 한 번밖에 할 수 없어서 엄마도 이모도 그 시간을 늘 기다리는데. 그런데 할머니도 지금 무척 급한 것 같으니 고민은 되지만 어쩔 수 없다. 에라, 나도 모르겠다!

나는 계속 투덜대는 할머니 손을 잡아끌고 일단 노인정으로 갔다. 노인정 안에는 동네 할머니 두 분이 빨간색 카드들을 바닥에 깔고 보드게임을 하고 계셨다. 할머니는 들어서자마자 여기저기 들추며 핸드폰을 찾기 시작했다.

"아이고, 형님, 왜 다시 왔어? 애는 누구야?"

"지난번에 이사 온 집 애구면. 왜, 그 얼굴 꺼먼 사람들 왔다고 하지 않았어? 세상에, 근데 속눈썹이 참 길기도 하다."

난 두 할머니의 말을 못 들은 척하고 꾸벅 인사를 했다.

"안녕하세요! 저는 셀마라고 하는데요! 혹시 여기서 빨간색 핸드폰 못 보셨어요?"

"못 봤는데? 근데 너 목소리 한번 크다. 한국말도 잘하네? 어디서 왔어?"

"아, 저는 예멘에서 왔어요!"

"예멘이 어디 붙어 있는 데야? 그냥 거기서 살지 파주까지는 왜 왔어?"

"아이고, 그러게 말이야. 옆 동네에도 이런 사람들 보이더라고. 공장에서 일한다고 하대."

"자기 나라 놔두고 왜 여기까지 오는 거래? 그나저나 애가 기차 화통을 삶아 먹었나? 형님은 잘 들려서 좋겠소! 맨날 우리더러 모기처럼 앵앵거려 안 들린다고 하더니만."

"네? 기차요?"

"이 망할 노인네들이 어린애한테 무슨 소리야! 애야, 얼른 나가자!"

할머니의 호통에 노인정 할머니들은 나를 힐끔 쳐다보고는 수군거리면서 계속 보드게임을 했다. 저 할머니들이 꼼짝을 못 하는 걸 보니 마녀 할머니가 맞긴 맞나 보다. '쳇, 내가 예멘에서 살 수 있었으면 당연히 여기까지 안 왔죠, 알지도 못하면서……'라고 말하고 싶은 걸 꾹 참고 할머니에게 이끌려 노인정을 나왔다.

실망한 할머니는 얼른 문방구로 가야겠다며 발걸음을 종종거리고 걸어갔다. 내가 자주 들르는 곳이니까 문방구 이모한테 도와달라고 해야겠다. 그러면 할머니도 나를 좀 믿으시겠지?

"이모오오오!"

"에고, 깜짝이야. 셀마가 또 왔네? 어? 어르신은 아까 오셔서 편지지 사 간 분 아니세요?"

할머니는 문방구 이모의 말을 듣는 둥 마는 둥 물건들을 들추며 핸드폰을 찾기 시작했고, 그 바람에 물건들이 죄다 바닥에 떨어졌다.

"할머니가 핸드폰을 잃어버리셨대요! 혹시 못 보셨어요?"

"그래? 핸드폰은 못 봤는데……."

"아이고! 여기도 없나 보다. 어떡하나! 이제 더 가 볼 곳도 없는데! 엉엉!."

할머니는 갑자기 문방구 바닥에 주저앉아 울기 시작했다. 문방구 이모와 나는 어찌할 바를 몰라 가만히 서 있었다. 나는 핸드폰이 없긴 하지만, 나 같아도 핸드폰을 잃어버렸다면 할머니처럼 엉엉 울었을지도 모른다고 생각했다. 하지만 내가 아는 한 마녀 할머니는 저렇게 주저앉아 엉엉 우는 캐릭터가 아닌데…….

"저기, 어르신. 핸드폰 번호 알려주시면 제가 전화 한번 걸어볼게요. 여기가 복잡해서 못 찾는 걸 수도 있어요."

"흐윽, 그래? 공일공 삼팔사사……."

문방구 이모가 할머니가 알려준 번호로 바로 전화를 걸었지만 아무런 소리도 들리지 않았다.

"어르신, 아까 편지지 사서 어디로 가셨어요? 혹시 가시는 길에 떨어뜨린 거 아닐까요?"

"흐으윽, 내가 가긴 어딜 가, 집으로 갔지. 오늘 배운 한글로 편지 쓰려고 집에 갔지. 흐윽!"

"어? 할머니! 그럼 할머니 집에 있는 거 아니에요? 등잔 밑이 어둡다고 하잖아요!"

얼마 전에 학교 도서관에서 읽은 속담 책에서 본 말을 이렇게 써먹을 줄이야!

"흐윽, 뭐?! 등잔 밑?! 예멘인가 뭔가에서 온 애가 그런 말도 알아?"

내 멋진 속담 솜씨에 울음을 그친 할머니가 눈이 동그래져서 나를 쳐다봤다. 문방구 이모는 웃음을 참고 있는 것 같았다. 할머니랑 나랑 둘 다 큰 소리로 말하는 바람에 귀를 살짝 막고 있는 문방구 이모의 모습을 보니 조금은 창피했지만, 이모가 한쪽 눈을 찡긋하길래 나도 찡긋하며 웃었다. 나는 바들바들 떨고 있는 할머니 팔을 붙잡고 문방구를 나왔다.

"할머니! 그런데요! 핸드폰에 엄청나게 중요한 게 있어요? 아니면 엄청나게 비싼 핸드폰이에요?"

"비싸지, 비싸! 돈 주고 살 수가 없지! 내가 을마나 열심히 찍었는데……."

"네? 사진을 찍으셨단 말이에요? 무슨 사진요?"

"내 여동생한테 보여 줄 사진! 아이고!"

할머니는 또다시 울먹거리면서 대문을 열었다.

"할머니, 여동생요?"

고개를 푹 숙인 채 집으로 들어가는 할머니를 보며 나는 울 엄마의 여동생, 그러니까 울 이모를 떠올렸다. 엄마는 이모랑 화상통화를 했을까? 내가 오지 않아서 엄마는 화가 많이 났을지도 모른다. 한국말도 못 하는 울 엄마, 사람들한테 물어보지도 못하고 걱정만 하고 있을 게 뻔했다. 이런저런 생각에 머리가 복잡해졌지만, 할머니가 걱정되었다.

할머니가 보이지 않아서 운동화를 벗고 조심스럽게 마루에 올라섰다. 할머니네 거실 벽지는 분홍색 바탕에 꽃무늬가 가득했는데, 그 위에는 삐뚤빼뚤 한글로 쓴 종이가 여러장 붙어 있었다. 초등학교 1학년이 쓴 글씨 같았는데 마침 아까 노인정에서 할머니가 한글을 배운다고 한 말이 떠올랐다. '할머니가 쓴 글씨구나. 뭐라고 쓴 거지? 금옥이에게? 보고…… 싶다…… 금옥아…… 금순이 언니가……?'

"내 이름이 금순이거든. 마금순."

"네? 그럼 할머니 여동생이 금옥이에요? 지금 어디 있는데요?"

마침 방에서 나오신 할머니 목소리가 들렸다. 할머니가 가리킨 곳은 임진강 쪽이었다.

"저어기, 북한 땅. 내가 열한 살 때 한국 전쟁이 났는데 나는 여기 남한 땅 파주로 왔고 동생은 북으로 올라갔어."

"아, 한국 전쟁······. 할머니! 저도 실은 예멘에 전쟁이 나서 한국으로 도망 온 거예요. 엄마, 아빠, 그리고 제 동생들 하고요."

"예멘이란 나라에도 전쟁이 났어?"

"네, 제가 다섯 살 때요. 대통령을 좋아하는 사람들과 싫어하는 사람들이 서로 막 싸우다가 전쟁을 벌였어요. 제가 살던 동네가 다 부서지고 불타고 그랬대요. 지금도 계속 싸운대요."

"어린 것이 힘든 일을 겪었구먼. 하긴, 나도 딱 너만 할 때 전쟁이 났으니······."

할머니의 목소리가 점점 작아졌다. 뭐라고 하는지 잘 안 들리긴 했지만, 할머니가 내 머리를 가만가만 쓰다듬어 주는 손길에 놀라 다시 물어보는 걸 잊었다. 엄마도 내가 큰 소리로 말을 하다가 숨이 차면 이렇게 내 머릴 쓰다듬어 주곤 한다. 오늘 종일 할머니를 따라다니면서 많이 걸었더니 피곤도 몰려오는 것 같았다. 게다가 할머니의 손길이 너무 따뜻해서 나도 모르게 달콤한 졸음이 몰려와 깜빡 잠들 뻔했다.

그때 갑자기 귀가 따가울 정도로 큰 소리가 났다.

쾅쾅쾅!

"헬로우? 누구 업써요? 셀마! 너 여기 있써?"

대문을 두드리는 소리가 나더니 엄마 목소리가 들렸다. 앗, 엄마가 내가 여기 있는 걸 어떻게 알았지? 대문을 확 열어젖힌 엄마가 마루로 달려와 나를 세게 안았다.

"셀마! 너 괜찮은 거니? 왜 여기 있어! 이 할머니가 널 괴롭혔어? 때렸어?"

흥분해서 예멘 말로 소리를 지르는 엄마를 보고 할머니 눈이 휘둥그레졌다.

"아니, 누군데 남의 집 문을 함부로 열고 들어와? 뭐라고 하는 거야! 응? 한국말을 하라고!"

"우리 셀마! 안 나빠요. 때리는 사람 나빠요! 우리 셀마, 잘, 못, 들어, 귀 아파요!"

엄마가 뭔가를 오해하고 있는 게 분명했다. 할머니가 나를 때리다니 무슨 말이지?

"엄마! 무슨 말이에요? 할머니 나 안 때렸어요. 할머니가 핸드폰을 잃어버려서 제가 같이 찾아주느라 여기 있는 거예요."

"뭐라고? 분명히 어떤 아주머니가 너랑 할머니가 길에서 큰 소리로 싸우는 걸 봤다고 했단 말이야. 그래서 놀라서 달려온 거야."

할머니는 나와 엄마를 보곤 상황을 대충 알겠다는 듯 고개를 끄덕였다.

"애, 아니, 셀마라 그랬냐? 네 엄마한테 전해라. 이 할미는 네 목소리가 쩌렁쩌렁해서 간만에 대화 좀 나눈 거라고. 그게 다른 사람 눈에는 싸우는 것처럼 보였나 보지."

엄만 내가 전하는 할머니의 말을 듣고는 어쩔 줄 몰라 하며 연신 허리를 굽혔다.

"근데 셀마야, 너도 잘 못 듣는다고? 나야 이제 늙어서 그렇다 치고 넌 나이도 어린 게 왜 그러는 거냐?"

나는 대답을 하기 전에 잠깐 망설였다. 다른 건 용기를 낼 수 있는 오지라퍼지만 내 귀에 관해 이야기하려고 하면 나도 모르게 움츠러든다. 그렇지만 왠지 마금순 할머니한테는 말할 수 있을 것 같았다. 할머니도 어릴 때 나처럼 무서운 전쟁을 겪었다고 했으니까.

"할머니, 제가 예멘에 있을 때 집 옆으로 대포가 떨어졌대요. 그런데 저는 너무 어린 아기여서 그때 제 귀에 이상이 생겼대요."

할머니는 내 말을 듣고 한참 동안 나를 바라보았다. 부리

부리했던 할머니 눈빛이 어느새 부드러워졌다.

"나도 어릴 적 전쟁 났을 때 여기저기서 터지던 대포 소리가 아직도 귀에서 울리는 것 같아. 네가 정말 많이 아팠겠구나."

"할머니도요? 할머니도 엄청나게 큰 대포 소리 들어봤어요? 역시! 할머니는 이해해 줄 것 같았어요!"

할머니에게 고백하고 나니 내 귓가로 시원한 바람이 살랑살랑 부는 듯했다.

아, 맞다! 핸드폰을 찾아야지. 갑자기 잃어버린 핸드폰이 떠올라서 엄마에게 할머니 번호를 알려주며 전화를 걸어 달라고 부탁했다.

"딩디리딩딩. 딩딩딩."

방에서 핸드폰 소리가 울렸다.

"아이고, 하느님! 부처님! 산신령님! 감사합니다! 금옥아! 찾았다, 찾았어! 편지 찾았다!"

할머니는 방으로 들어가 핸드폰을 두 손에 감싸 쥐고 나오며 동생 이름을 한참 불렀다.

"엄마! 할머니도 어릴 때 전쟁에서 여동생이랑 헤어졌대요. 지금은 여동생이 저기 북한에 살고 있나 봐요. 엄마랑 이모 이야기 같아요, 그렇죠?"

내 말을 들은 엄마의 눈에 눈물방울이 맺힌 게 보였다. 엄마는 엄마 핸드폰을 꺼내서 사진앨범 안에 있는 이모 사진을 찾아 할머니에게 보여 주었다.

"나 여자 동생. 예멘에 이써요. 보고 시퍼. 아주, 마니……."

할머니는 이모 사진을 한참 들여다보았다. 그러더니 할머니의 핸드폰 사진앨범을 열어서 보여 주었다. 아주 오래된 사진 같아 보였는데 사진 속에는 내 또래의 두 소녀가 나란히 서 있었다. 키가 조금 더 큰 소녀의 눈이 마금순 할머니의 눈이랑 똑같았다.

"앗, 금순이랑 금옥이다. 맞죠?"

"그래, 맞다. 금순이랑 금옥이다."

손가락으로 화면을 넘기니까 익숙한 풍경의 사진들이 나왔다. 할머니 집 풍경 사진들이었다. 거실의 꽃무늬 벽지와 할머니가 쓴 글씨들, 마당의 꽃들, 그리고 흐릿하게 찍혔지만, 거울 속에 비친 할머니의 얼굴을 찍은 사진도 있었다.

"할머니! 이 사진들은 뭐예요? 아까 할머니가 돈 주고 살 수 없다는 게 이거예요?"

"그래. 금옥이한테 할 말은 많은데 한글을 많이 몰라서 말이지. 그래서 사진으로 편지 써 보는 거야. 사진 편지지. 내가 사는 집도 찍고, 내가 키우는 예쁜 꽃도 찍고……."

"와! 할머니! 사진 편지요? 글씨 편지도 좋지만 전 사진 편지가 훨씬 더 멋진 것 같아요!"

"그러냐? 네가 그렇게 말해 주니까 진짜 그런 것 같구나."

"엄마! 할머니가 동생한테 사진으로 쓰는 편지래요! 우리도 이모한테 사진 편지 써서 보내요, 네?"

엄마는 내 말을 듣더니 눈물을 닦으며 살며시 웃었다. 그러더니 내 팔을 잡아끌어 할머니 옆으로 가게 한 뒤 엄마 핸드폰으로 사진을 찍자며 손짓을 했다.

"아이, 엄마! 우리 다 같이 찍어야죠! 내가 셀카로 찍을게요. 이모가 오늘 있었던 이야기 듣고 이 사진 보면 진짜 신기해할 것 같아요!"

나는 얼른 엄마의 핸드폰을 들고 팔을 길게 뻗었다.

"웃어요. 김치이!"

"김치이!!"

찰칵!

세상에서 가장 귀하고 비싼 사진들이 들어 있는 핸드폰 카

메라가 편지를 썼다. 사진 편지를 잃어버려 발을 동동 굴렀 던 마금순 할머니도, 집에 오지 않는 딸 걱정에 발을 동동 굴 렀을 울 엄마도, 그리고 두 사람 사이에서 고민하느라 머리 에 쥐가 났던 나도 오늘 처음으로 활짝 웃었다.

이제 나도 예멘에 있는 이모에게 쓸 사진 편지 한 장이 생 겼다. 그리고 마녀 할머니가 아닌 마금순 할머니라는 멋진 친구도 생겼다.

연극놀이

유진희

어른이 되어 어린이 책을 많이 읽고 자란 어른이입니다.
앞으로도 어린이 책을 읽고 쓰며 더 성장하고 싶습니다.

연극놀이

글 **유진희** | 그림 **최유진**

쿵쿵쿵, 쿵쿵쿵, 쿵.

행복한 일요일을 부수는 소리가 난다.

아침부터 할머니가 현관문을 두드리고 발로 차고 있다.

"빨리, 빨리 문 열어!"

"엄마, 괜찮아. 뭐? 뭐요?"

"할머니, 왜 그래? 왜? 왜요?"

할머니가 열리지 않는 현관문을 잡고 소리를 질렀다.

"빨리, 문 열어. 빨리! 가져다줘야 해. 빨리!"

"엄마, 뭐를 가져다줘요?"

"할머니, 그만, 이제 그만해요! 너무 더우니까 할머니가 좋아하는 팥빙수 만들어 먹어요. 네?"

엄마와 언니가 할머니를 어르고 달래느라 안절부절 어쩔 줄 모르고 있다. 30분? 1시간? 오늘은 할머니가 현관문 앞에 얼마나 오래 서 있을까.

우리 할머니는 치매 환자다. 할머니 치매는 그냥 치매가 아니라 혈관성 치매다. 혈관이 막혀서 뇌가 손상된 치매란다. 엄마는 할머니 치매가 착한 치매라고 우긴다. 엄마 말대로 어떨 때는 멀쩡하지만 또 어떨 때는 통제 불능이다. 할머니의 갑작스러운 행동으로 우리 집은 매일 살얼음판이다. 오늘 같은 일이 벌어질 때마다 가족 모두가 쩔쩔맨다. 그런데 할머니의 돌발 행동에 패턴이 있다는 것을 알게 되고 우리 가족은 할머니를 진정시키기 위해 연기를 시작했다. 나만 빼고 말이다.

"저, 빨리 가야 해요. 문 열어 주세요!"

새로 설치한 삼중 잠금장치로 문은 단단히 닫혀 있다. 할머니는 철옹성 같은 문을 열겠다고 발로 '뻥뻥', 손으로 '꽝꽝' 치고 난리를 폈다. 엄마랑 주미 언니가 아무리 말려도 소용이 없다. 너무 소리쳐 슬슬 힘이 빠진 할머니가 큰 소리로 울었다.

막무가내인 할머니를 달래느라 엄마랑 언니가 고생을 하든 말든 내 알 바 아니다.

막 씻고 나온 아빠가 현관문 앞으로 달려갔다.

짜증 나는 해프닝. 나는 못 본 척하고 부엌으로 와 버렸다.

"장모님, 문이 안 열려요? 제가 열어 드릴까요?"

"아저씨, 이거 가져다줘야 해요."

할머니가 아빠에게 애걸하듯 손을 잡았다.

"여기까지 어떻게 오셨소? 동무, 대단하오!"

아빠는 목소리를 낮게 깔며 군인 아저씨 흉내를 냈다.

"네, 제가 이걸 지게에 지고 16킬로를 왔어요."

할머니는 등에 멘 가방을 내려 아빠에게 건넸다.

"동무 대단하시오! 제가 잘 전달하겠습니다. 수고하셨습니다."

다행이다. 아빠의 군인 연기가 제대로 먹혔다. 아빠는 지친 할머니를 부축해서 거실로 왔다. 소파에 앉은 할머니 옆에서 아빠는 할머니가 건넨 가방을 열었다. 가방 안 보따리에는 신문지로 싼 주먹밥과 내 티셔츠 일곱 장이 있었다. 아빠는 가방을 엄마에게 주었다.

"수고하셨습니다. 박정숙 동무! 귀한 식량과 보급품은 잘

전달했습니다."

아빠가 할머니에게 장난스럽게 경례를 했다. 아빠의 연기
는 제법 자연스러웠다. 엄마는 가방을 싱크대로 가져가서 가
방 안을 정리했다.

"밥이 또 주먹밥이 되었네."

엄마는 신문지가 덕지덕지 붙은 주먹밥을 할머니 몰래 음
식물 쓰레기통에 버렸다. 나에게 내 티셔츠를 살짝 보여 주
고는 미안해했다.

할머니가 온 뒤로 내 생활은 뒤죽박죽이 되어 버렸다. 내
방도 빼앗겼고, 내 소중한 물건들도 없어지기 일쑤였다. 그
러니 내가 까칠해질 수밖에 없다.

"장모님, 드시고 싶은 거 있어요?"

"아니에요. 저는 먹고 싶은 거 없어요. 주먹밥 하나면 이삼
일은 끄떡없어요."

할머니는 아빠 앞에서는 어린 소녀처럼 부끄럼을 탔다. 할
머니가 나를 쳐다보았다.

"순자야, 니랑 내랑 같이 있으면 괜찮지? 우리는 같이 있으
니께 진짜로 괜찮지!"

'피, 순자는? 무슨!'

나더러 순자라니. 나는 할머니 대답도 듣지 않고 고개를 휙 돌려 버렸다. 치매를 앓는 할머니와 살려면 간혹 연기도 해야 하고 착한 사람 코스프레도 필요하다. 아빠는 우리 집에서 최고 배우다. 엄마는 할머니 앞에서는 항상 밝고 친절하다. 할머니를 꼭 두 살 아기 대하듯 방긋방긋 웃어 준다. 언니의 착한 척은 연기 수준을 넘어섰다. 나는 나로 살고 싶은데……. 할머니가 나를 순자로 부를 때면 정말 화가 났다.

"다미야, 할머니 치매는 스트레스로 생긴 병이야!"

"병이면 다야?"

"그럼, 할머니가 아픈 거니까 가족들이 잘 돌봐 줘야지!"

"아프면 다 이해하고 돌봐 줘야 해? 말도 안 돼."

"다미야, 가족이니까!"

"내가 언제 할머니랑 가족 한댔어? 갑자기 나타나 내 방도 빼앗고, 음식도 막 먹고……. 아무리 할머니가 치매라고 해도 난 싫다고……."

엄마 말이 틀리지는 않지만 동의하기는 싫다. 가족이니까 무조건 용서하고 챙겨 주고 사랑해야 하는 걸까?

할머니는 언제 그랬냐는 듯 소파에 얌전히 앉아 있었다. 할머니 이름처럼 세상 정숙한 모습이다. 주미 언니가 할머니에게 책을 건넸다. 넉살이 좋은 건지 언니는 할머니 옆에 스스럼없이 잘 앉고 손도 잘 잡고 이야기도 잘 나누었다. 둘은 친구처럼 나란히 앉아 책을 읽었다. 엄마 말대로 할머니 치매가 착한 치매일지도 모르겠다.

"여름에는 호박이지. 여보, 우리 오늘 부침개 해서 먹을까?"

엄마가 내 눈치를 살피며 일부러 즐거운 척 아빠에게 물었다. 할머니가 와서 좋은 건 딱 하나다. 엄마가 가끔 맛난 음식을 한다는 거다. 샐러드만 먹던 우리 집에 할머니가 등장한 이후 밥다운 밥을 자주 먹는다. 어느새 할머니는 엄마 옆으로 다가와 멸치 똥을 발라내느라 분주하다. 할머니는 손끝이 야무지고 손도 재빨랐다. 향긋한 들기름은 생각만 해도 고소하다. 호박이랑 양파랑 깻잎을 탁탁탁 채 써는 소리, 멸치 육수 보글보글 끓는 소리가 경쾌하다. 앗싸, 내가 좋아하는 국수도 끓이나 보다. 오늘은 정다미 먹을 복이 넘치겠다. 언니가 잘생긴 아이돌 오빠들에게 진심이라면 난 정말 맛난 음식에 진심이다. 엉망이던 기분이 살짝 풀렸다. 나는 오랜만에 내 방, 아니 할머니 방으로 들어갔다. 내 소중한 만화책들을 하나하나 보니 배가 부른 듯 뿌듯했다. 나는 만화로 모든 걸 배운다. '반지의 비밀일기'를 보고 간접 연애를 해 보았고, '열두 달 토끼 밥상'으로 요리 감각을 키웠다. 만화에는 수많은 경험과 여행과 모험이 있었다.

"정다미, 얼른 나와."

벌써 다 됐는지, 엄마가 나를 불렀다.

"장모님, 어서 드세요."

열무김치, 멸치국수, 맛난 호박 부침개! 식탁 가득 차려진 맛난 음식만 봐도 행복했다. 군침이 스르르 돌았다. 냄새부터 고소하다. '야호, 부침개부터 먹어야지.'

젓가락으로 부침개 한 조각을 떼 내려는 순간, 할머니가 손으로 부침개를 집었다.

"할머니, 더럽게! 젓가락으로 드세요."

"뭐?"

할머니가 나를 흘겨보고는 손으로 덥석 부침개를 다시 집었다.

"더러워. 나 할머니랑 먹기 싫어."

"정다미. 너, 진짜 못됐어. 엄마가 따로 줄게!"

할머니는 부침개를 집어 먹은 손가락을 입으로 '쪽쪽' 빨았다.

"내가 뭘? 할머니가 더러우니까 더럽다 하지."

"내가 뭘? 순자, 니가 더 더럽지.

할머니가 부침개를 또 손으로 집어 먹으면서 나에게 쏘아붙였다.

"나, 순자 아니거든요. 입맛 떨어져."

나는 화가 나서 젓가락을 식탁에 탁 던졌다.

"정다미, 너 지금 뭐 하는 거야? 예의 없이. 바르게 못 먹어?"

"응, 못 먹어. 엄마, 할머니 요양원 언제 가?"

"정다미, 너 사춘기라고 봐줬더니, 말버릇 좀 봐."

"내가 뭘? 할머니랑 살기 싫어. 할머니 사라져 버렸으면 좋겠어."

음식을 두고 언니 방으로 와 버렸다. 화가 나 죽겠는데 포스터 속 아이돌 오빠들이 나를 향해 웃었다. 배고파서 열 받아 죽겠는데 아이돌 오빠들도, 가족들도 모두 착하고 예쁜 얼굴이다. 나만 못된 사람이다. '꾸르륵 꿍.' 눈치도 없이 뱃속은 정직하다. 배고프다. 그렇다고 다시 나갈 수는 없다. 내가 치매도 아니고 아무 일 아닌 척 먹으러 나갈 수는 없다. 그놈의 치매, 이제는 지겹다.

"다미야! 일어나! 일어나 봐! 어떻게! 어떻게 해?"

"언니, 왜?"

"할머니가 사라졌어."

주미 언니가 발을 동동 굴렀다. 누가 속을 줄 알고? 난 느긋하게 언니 연기에 속아 넘어가는 척 물었다.

"엄마랑 아빠는?"

"너랑 할머니가 좋아하는 거 산다고 시장 갔어."

"할머니랑 같이 나가신 거 아니야?"

"아니야."

언니는 금방이라도 울 것 같은 표정이다.

"방에서 책 보시겠지!"

"아니. 방에도 없고 화장실에도 없어. 아무 데도 안 계셔."

"언니, 문은 잠갔어?"

"그게, 응, 잠그려고 했는데…….."

"했는데, 뭘?"

언니 연기에 웃음이 나오려는 걸 꾹 참고 물었다.

"내가 바로 잠그려다 깜빡 잊었나 봐. 다미야, 부탁이야. 나랑 같이 찾으러 가자."

"연기 좀 그만해."

"아니야, 다미야. 정말로 할머니가 없어졌어. 빨리 찾으러 가자."

언니가 다급하게 내 팔을 끌었다. 어, 뭐야? 연기 아니었어?

할머니가 사라졌다. 사라져 버렸으면 좋겠다고 말했는데 정말 사라진 걸까? 할머니가 여기 길은 하나도 모르는데, 갑자기 가슴이 쿵쾅쿵쾅 뛰었다.

"할머니, 할머니!"

"할머니, 할머니!"

언니와 나는 할머니를 소리쳐 불렀다.

"언니, 엄마 아빠한테 전화해야 하는 거 아니야?"

"다미야, 너 먼저 나가서 찾아봐. 내가 엄마 아빠한테 전화하고, 경비실에 연락해서 방송도 부탁할게."

나는 우리 동을 한 바퀴 돌고 옆 동도 돌았다.

"707동 1004호 치매 어르신을 찾습니다. 보시는 분은 바로 경비실로 연락 주시기 바랍니다."

할머니를 찾는 방송이 울려 퍼졌다. 이제 내일이면 할머니 실종을 우리 반 아이들이 다 알게 생겼다. 누구는 호기심에, 누구는 걱정하는 척, 누구는 불쌍한 척 물어볼 테지. 튀지 않고 평범하게 살고 싶은 나에게 모두들 한마디씩 말을 걸겠지. 그런데 진짜 할머니가 사라지신 거면 어떡하지? 언니는 자기 탓이라고 자책할 테고, 엄마는 여기저기 울면서 할머니를 찾아다니겠지. 아빠는 그런 엄마와 언니를 달래려고 또 어설픈 연기를 하려나? 이런저런 생각으로 마음이 싱숭생숭했다.

언니와 할머니를 찾는 동안, 사고라도 났을까 봐 겁이 났다. 큰길 건너 옆 마트와 동네 공원도 찾아보았다. 뜨거운 태양열로 달궈진 한여름 오후 3시는 타는 듯 뜨거웠다. 할머니는 어디에도 보이지 않았다.

"다미야, 이제 정말 어떡해?"

"언니, 경찰서도 가 보자!"

"엄마랑 아빠가 지금 경찰서에 가셔서 실종 신고를 하고 계실 거야. 내가 춤추느라 할머니 나가는 소리를 못 들었어. 다미야, 나 때문에 할머니 잃어버렸어. 어쩌지, 어떡해?

언니가 걸음을 멈추고 나를 보며 말했다.

"다미야, 나, 나 사실은 할머니가 너무 귀찮아서 사라졌으면 좋겠다고 생각했는데……."

언니 눈가에 눈물이 고였다.

"언니는 할머니랑 책도 함께 읽고 말도 잘하잖아."

"다미야, 나 아주 나쁘지? 이중인격 같지?"

"울지 마, 언니. 언니는 착한 손녀 맞아. 내가 나쁘지. 난 할머니한테 말도 안 걸고 버르장머리 없이 굴었는데……."

언니를 달래다 나도 따라 눈물이 났다.

"다미야, 너 배고프지. 점심도 못 먹고."

"아니야. 괜찮아. 할머니가 없는데 배고픈 게 무슨……."

"다미야, 너는 먼저 집에 가 있어. 할머니가 집으로 돌아올지도 모르니까 집에 가서 기다려. 집에 가서 뭐 좀 먹고."

"괜찮아, 할머니 찾아야지."

"벌써 저녁이야. 한 명은 집에서 할머니를 기다려야지. 내가 엄마랑 아빠랑 계속 찾아볼게."

나라도 집을 지켜야 할 것 같아 집으로 돌아왔다. 집에 도착하자, 배도 고프고 목도 마르고 너무 힘들었다. 할머니가 사라졌는데도 어처구니없이 '꾸르륵꾸르륵 꿍', 내 뱃속은 천둥을 쳐 댔다. 나는 나쁜 애가 맞나 보다. 걱정은 걱정이고 배고픈 건 배고픈 거였다. 부엌으로 가서 물병을 들고 벌컥벌컥 물을 마셨다. 선반에 있는 과자를 가져왔다. 봉지를 '팡'

하고 터뜨렸다.

"으앗, 사람 살려. 사람 살려."

어디선가 할머니 목소리가 들렸다.

"할머니, 할머니!"

"사람 살려, 사람 살려."

베란다에서 할머니 소리가 들렸다. 베란다 옆 에어컨 실외 기실에 할머니가 땀을 뻘뻘 흘린 채 벌벌 떨고 있었다. 다행이다. 할머니가 집에 계셨다. 엄마와 아빠, 언니에게 전화를 걸었다.

"할머니, 여기서 뭐 해?"

"순자야, 순자야!"

할머니는 웅크리고 앉아 두 무릎 위에 얼굴을 묻고 오들오들 떨었다.

"할머니, 얼른 나오세요."

"순자야, 이제 포탄 소리 그쳤어? 이제 정말 나가도 돼?"

할머니가 울먹이며 나를 순자라고 부르는데 나도 모르게 고개를 끄덕이며 대답했다.

"아무 소리도 안 들리잖아. 할머니 어서 나와요."

나는 할머니 손을 잡고 일으켜 세웠다. 할머니는 여전히

벌벌 떨면서 천천히 일어서더니 나를 꼭 안았다. 땀으로 온 몸이 흠뻑 젖어 있었다.

"할머니, 씻어야 해."

"순자야, 같이 씻자."

"내가 왜?"

"내가 등물해줄게. 우리 같이 씻자, 순자야."

이렇게 해맑게 어린애처럼 조르다니? 내가 아무리 나쁜 애라도 할머니를 무시할 수 없었다. 나도 땡볕에 돌아다녀서 온몸이 땀으로 젖었다.

욕조에 물을 받는 동안, 할머니의 옷을 벗겨 주었다. 여름에도 긴소매 옷에 긴 바지만 입어서 몰랐는데 할머니 팔과 다리에는 상처가 많았다. 나도 엄마 생일에 감자 수프를 만들다 손가락을 칼에 베인 적이 있었다. 아주 조금 다쳤는데도 너무 아팠다. 그런데 할머니 몸에는 크고 작은 상처가 백 개도 넘어 보였다.

"할머니는 왜 이렇게 상처가 많아?"

내 물음에 할머니는 숨을 길게 내쉬더니 뭔가 골똘히 생각하는 듯 눈을 감았다.

"다미야, 할머니가 열여섯 살 때 전쟁이 났어. 전쟁 통에도 우리 아버지는 나를 가르쳤지. 전쟁이 나고 2년째 되던 해에 아버지가 군대에 끌려가셨어. 학교에 다니다 말고 갑자기 내가 돈을 벌어야 했지. 그래서 노무대에 지원했어. A 특공대라고!"

"A 특공대! 할머니가 군인이었어?"

"그래, 내가 열여덟 살에 특공대였다니까."

"할머니가 특공대원이었다고? 거짓말."

"거짓말 아니야. 이게 다 그때 생긴 상처들이야."

할머니는 허벅지에 난 흉터를 내보였다. 크고 작은 흉터가 너무 많아 온몸에 소름이 돋았다. 할머니가 불쌍했다.

"할머니가 전쟁 때 군인이었다니……."

"군인은 아니었고 지게 부대라고 A 특공대원이었어."

"미군들은 우리 지게 부대를 A 특공대라 불렀어. 지게 모양이 꼭 알파벳 A처럼 생겼거든. 우리 A 특공대원들은 전쟁터에서 지게에 옷이랑 밥이랑 포탄이랑 보급품들을 날랐지. 이게 다 그때 생긴 상처야. 포탄이 터지면 덤불에 숨었다가 포탄 소리가 그치면 밤을 새워 기어서라도 군인들에게 물품을 날라다 주었어."

"할머니 무섭지 않았어?"

"무서웠지. 그래도 내 친구 순자가 옆에 있었어. 매일 내 옆에서 이야기도 해 주고 책도 읽어 주고, 시도 읊어 주고 몰래 주먹밥도 챙겨 줬지."

"순자가 할머니 친구야?"

"그래, 내 단짝 동무였지. 전쟁 끝나면 순자는 선생님 되고 나는 옷 만드는 디자이너가 되기로 약속했어. 포탄이 떨어지는 무서운 전쟁 통에서도 서로 의지하며 살아 냈지."

할머니가 말끝을 흐리며 지그시 눈을 감았다. 나는 할머니 등에 물을 뿌려 주었다. 할머니가 이렇게 술술 말을 잘하다니, 할머니도 나처럼 꿈 많은 시절이 있었다니, 내가 어릴 적에는 할머니가 그림책도 읽어 주고 자주 놀아 줬는데…….
할머니가 치매라는 걸 알게 된 순간부터 변한 건 나였던 것 같다. 우리 반 아이들처럼 치매에 걸렸다고 우리 할머니를 무서운 괴물처럼 생각했던 거다.

"엄마! 다미야!"

엄마가 욕실 문을 벌컥 열었다.

"깜짝이야. 엄마, 예의 없이. 노크도 안 하고 문을 열면 어떡해?"

"울 딸 다 컸네. 할머니 목욕도 시켜 드리고, 할머니랑 앙숙

이더니, 절친 순자 된 거야?"

엄마에게 들키다니……, 엄마의 칭찬에 쑥스러워졌다. 하지만 할머니를 찾은 것도 다행이고 할머니를 씻겨 드린 것도 나쁘지 않았다. 욕실에서 나오자 식탁 가득 음식이 차려져 있었다. 하늘은 붉어졌고 초저녁 여름 바람은 시원했다.

"다미야, 할머니랑 너랑 좋아하는 녹두전하고 족발 사 왔다. 어서 와. 할머니랑 싸우지 말고 사이좋게 잘 먹자!"

'우아, 녹두전이랑 족발이다.'

할머니가 아무리 치매라도 다 봐줄 수는 없다. 그래도 나의 진심인 내 음식만 건드리지 않는다면, 나도 이제 가끔 순자 연기를 잘할 수 있을 것 같다.

우리 강아지
인절미

이소향

동화를 통해 어린이들의 상상력으로 넘치는
순전한 세상을 만나 마냥 설레고 행복합니다.

우리 강아지 인절미

글 **이소향** | 그림 **김유성**

"깨갱, 깨갱, 커겅!"

"기오야, 어서 와 보라우. 복실이가 강생이를 낳을라나 보다야."

구름이 달빛도 가려 먹물 같은 밤입니다.

"복실이가 강아지를? 어디 어디?"

"가까이 가믄 복실이 놀라니까니, 우리 여기서 지켜보자우."

헛간 뒤에서 호범이와 기오가 자늑하게 복실이를 바라봅니다.

"복실아, 힘내라. 조금만 더. 넌 똥개니까 똥 눌 때처럼 힘을 주라고."

어느새 기오도 똥 누는 모양새입니다.

"월 월 깽!"

달이 구름 사이로 다시금 고운 얼굴을 내밉니다. 복실이의 고통스럽던 울음소리가 나직해져 갑니다. 그새 해진 군용 담요 위에 아주 작은 새끼 강아지 세 마리가 조붓하게 꼬물거립니다.

"형, 너무너무 귀엽다. 그치?"

복실이는 품 안에 젖을 물리며 눈도 못 뜬 새끼들을 정겹게 핥고 또 핥습니다.

"근데, 형. 강아지들 눈 뜨면 엄마가 다른 곳으로 보낼걸? 우리 형편에 세 마리는 다 못 키운다고 하실 게 뻔해."

"안 돼. 그건 안 돼. 복실이가 강생이들이랑 헤어지믄 얼마나 슬프갔네?"

"그러고 보니 엄마랑 헤어지는 강아지도 슬프겠구나. 엄마보고 싶어서······."

호범이 형이 전쟁 통에 피란 와서 북에 계신 어머니와 헤어진 지 두 해가 지났습니다. 코끝이 찡해진 기오가 까까머리를 긁적입니다.

"형, 내가 약속할게! 절대 복실이랑 새끼들 헤어지는 일 없게 하겠다고. 난 할 수 있다, 아자!"

기오의 야무진 목소리가 어둠 속에서 푸르게 시원합니다.

"기래, 절대 가족끼리 헤어져 살디 않도록 기오가 힘 좀 실어 보간?"

"기칸다니까. 크크, 그건 그렇고 우선 형! 이제 들어가서 자자. 너무 졸려. 복실이가 강아지를 낳았는데 내가 왜 이렇게 힘든 거야. 덩달아 힘을 너무 줬나? 흐흐."

졸린 눈을 비비며 기오가 방 안으로 들어갔습니다. 주무시는 엄마 품속으로 들어가 누웠지만 그새 잠이 달아났나 봅니다. 멀뚱멀뚱 천장을 바라보는데 자꾸만 호범이 형 생각이 납니다.

'엄마가 미울 때도 있지만, 내 노란 콧물도 손으로 다 닦아 주고, 못된 진구 놈이 아빠 없다고 놀릴 때도 빨랫방망이로 슝슝 다 혼내 주고, 나는 엄마가 조금만 늦어도 왜 안 오시나 그러는데, 호범이 형은 엄마한테 가지도 못하고 많이 보고 싶겠다.'

기오 목에 뭔가 뜨거운 게 차올랐습니다.

수국꽃 핀 마당 뒤에서 강아지들이 어미 곁에 푸근히 잠들

었습니다. 다정한 그 모습을 바라보며 호범이는 북쪽 하늘을 바라봅니다. 어느새 달은 희미해졌고 새벽하늘은 별빛으로 가득했습니다.

오마니,
고향 집 뒷마당에
올해도
수국꽃이 피었습네까?
누부 등에 업고
꽃보다 고운 오마니가
부르시던 노랫소리를
꿈에서라도 듣고 싶습네다.
다시 만날 적엔
저도 제법 장성해서
오마니를 번쩍 안아 드릴 수 있갔디요.

"밤사이 복실이가 새끼를 세 마리나 낳았네."
"응, 엄마. 그중에서 인절미 색이 제일 귀여워."
"기오야, 너희 담임 선생님 성함이 뭣이냐?"

"갑자기 울 선생님은 왜?"

"시험지라고 가져오믄 동글뱅이 찾기도 어렵지. 그렇다고 우리가 사친회비를 제날짜에 넣기를 하나?"

"그래서 뭐, 뭐?"

시험지 얘기에 기오가 괜스레 목청을 높여 봅니다.

"세 마리 중에 인절민가 콩고물인가 암튼 고거 젖 떼믄 선생님 갖다 드릴라고. 똥개들은 쑥쑥 크니까 복날 즈음에 선생님 드리기에 딱 좋을 것이다. 마정초등학교에서 너같이 공부 못 하고 월사금 안 낸 놈들 가르치시느라 을매나 애쓰시겄냐."

"엄마! 절대 그건 안 돼! 호범이 형아랑 나랑 약속했단 말이야. 인절미는 가족이랑 헤어지면 절대 안 된단 말이야."

지난번 빵점짜리 셈본 시험지가 떠올라 기오는 더는 말을 잇지 못했습니다.

*

고구마 잎은 푸릇해져만 가고 학교 담장엔 주홍빛 능소화 꽃망울이 한창입니다.

"에, 오늘까지 사친회비 안 낸 사람들은 부모님께 말씀드리도록! 그리고 거기 기오는 내 좀 보고 가고, 알긋나?"

선생님과 둘만 남은 텅 빈 교실에서 기오 목소리가 사뭇 작아졌습니다.

"선생님. 저 사친회비는……."

"아 그건 됐고, 느그 어무이가 내일 콩고물을 내 준다꼬 데리고 오신다 그랬는데……."

"콩고물이 아니고 우리 강아지 이름은 인절민데요."

"인절미? 아, 그래? 고거 참 맛난 이름이네. 어무이가 데려오시면 더 잘 알게 되겠지. 그래그래. 알았으니 이제 그만 가보그라."

선생님은 입맛을 다시며 기오의 까까머리를 연신 쓰다듬었습니다.

학교에서 돌아온 호범이 형은 복실이와 강아지 곁을 지키고 있습니다.

"형, 이거 엄마가 저녁으로 끓인 꿀꿀이죽인데 몰래 좀 퍼왔어."

기오는 발끝걸음으로 호범이 곁에 앉았습니다.

"일없다. 숙모님 아시므는 혼나디 안어?"

"복실이가 젖 먹이느라 애썼는데, 요샌 지 깡통에 있는 밥
도 새끼들 먹으라고 입도 안 대니까, 가끔 배고파서 토하기
도 하더라고…….'

"기로게 말이야. 북에 계신 우리 오마니도 복실이처럼 기
랬었디. 설날엔 콩고물을 묻혀서 인절미를 만들어 주시므는
그게 기케 맛나서, 보고만 계시는 오마니께 드셔 보시라는
시늉도 안 했었디. 내 입에 넣기 바빠서 말이야."

호범이가 손등으로 고인 눈물을 얼른 훔칩니다.

"형이 콩고물 이야기를 하니까 말인데, 엄마가 내일 인절
미를 울 선생님 댁에 보낸대."

"그새 인절미가 가야 할 시간이 가까워디고 말았구나. 인
절미는 이제 영영 못 돌아오는 거이네?"

강아지들은 꿀꿀이죽을 서로 더 먹으려고 찌그러진 깡통
에 들어갈 기세입니다. 복실이는 지저분해진 새끼들의 입가
를 정성껏 핥아 줍니다.

"기오야, 내래 인절미가 복실이랑 헤어디는 거 자닝스러워
못 보갔다. 젖먹이 누부 등에 업고 금세 오시갔다고, 너 먼저

외가에 가 있음 고동 오시갔다고, 오마니가 그랬디만, 이렇게 오래 헤어진 내 모습이 꼭 인절미 같아서…….”

“형, 걱정은 붙들어다가 매 버려. 나 인절미를 지킬 방법이 방금 생각났어. 잠깐만 귀 좀 이리 대 봐.”

어둠 속 기오의 눈동자 속에 별들이 빛나는 밤이었습니다.

“기오야, 어서 아침 먹고 호범이랑 학교 가야지.”

“엄마 낼모레 구구단 시험이 있는데, 오늘부터 내가 공부해서 50점 넘으면 선생님께 인절미 다시 달라고 해도 돼?”

“아이고, 시험지를 앞에 놓고 우리 기오는 뭔 생각을 하는지. 하여튼 우리 아들이 시험 봐서 50점만 맞아도 너를 업고 동네방네 춤추고 다니겠어. 여기 우리 기오 시험지 좀 구경하시라고 말이여.”

“뭘 업기까지 해, 힘들게. 효자인 내가 엄마 그렇게 고생시킬 순 없지.”

“옴마야, 우리 기오 입에서 공부하겠단 말이 다 나오고, 내가 육이오 난리 난 날보다 오늘 더 놀랐네. 아무튼, 그럼 한번 해보든가. 인절미가 아니라 인절미 한 달구지라도 데려오라고 하지.”

콧구멍을 벌름거리며 입을 막고 겨우 웃음을 참는 엄마를 보며 기오는 있는 힘껏 주먹을 쥐었습니다.

✳

검은 먹구름이 산허리를 휘감아 여우볕도 물러앉은 오후입니다. 잔뜩 겁먹은 인절미가 다리에 힘을 주고 버티지만, 이내 낑낑거리며 목줄에 끌려가고 맙니다. 사립문 안 복실이가 인절미 울음소리에 자글거리며 울어댑니다.

"으르릉!"

"멍멍, 깨갱!"

"똥강아지가 왜 이렇게 말을 안 들어. 어서 가야지. 복실이 너는 시끄러워!"

"엄마, 인절미 안 보내면 안 될까?"

"숙모님, 복실이가 자기 강생이 보고파서 어드러캅니까?

"기오 너는 한다는 셈본 공부나 하고……, 호범이 너까지 이제 기오랑 한편이냐?"

인절미를 냅다 안은 엄마가 사립문을 열고 부리나케 사라

집니다.

"컹컹, 깨갱, 거컹!"

복실이가 흙먼지 가득한 마당을 구르며 구슬피 울어 댑니다.

"복실아, 울디 말라우. 기오랑 내가 꼭 니 강생이 지켜 낼 테니까니. 조금만 조금만 기다리라우. 꼭 다시 만날 날이 올 테니."

기오도 눈두덩 근처를 손으로 닦아 냅니다.

"인절미야, 내가 구구단 공부 열심히 해서 꼭 데리러 갈게. 기다려."

하늘에선 여름 소나기가 세차게 내리기 시작했습니다.

달빛 아래 박꽃이 몹시도 고운 밤이 찾아왔습니다.

"팔 칠 오십오."

"아니디. 오십오가 아니라……."

답답한 마음에 호범이가 가슴을 칩니다.

"응, 알지. 잠깐만, 팔 칠은 바로 오십칠이야."

"기오야, 이래 가디고 내일 구구단 시험 50점 넘어서 인절미 구하갔써? 팔 칠은 오십육이디 않아. 모양만 머리고 이 안

은 돌로 된 거 아니야?"

"헤헤. 나랑 박치기하면 애들이 다 울고 가니깐 돌머리 맞지. 그래도 걱정 마. 형! 내가 오늘 밤을 새워서라도 구구단다 외워서 내일 인절미 구해 올 거니까."

수박씨 기오 눈 안에 주황빛 용암 덩이가 이글이글 타오릅니다. 그사이 여름밤은 더욱 무더워 갔습니다.

복실이가 어느새 동구 밖까지 나와 꼬리를 흔들며 기오를 마중합니다.

"엄마! 엄마! 학교 다녀왔습니다. 호범이 혀엉! 형아! 빨리 빨리!"

괭이꽃 노란 꽃잎 아래 오후의 여름 햇살이 유난히 눈부십니다.

"형! 나 50점 넘었어! 구구단 시험에서 54점이나 맞았다고!"

기오는 시험지를 자랑스레 흔들며 호범 형을 불렀습니다.

"기오야, 해내고야 말았구나! 내래 너가 그럴 줄 알았디. 역시 너는 날 닮아서 머리가 똘똘하단 말이디. 우리가 피가 섞인 사촌지간이 맞긴 하구나야."

"쳇, 언제는 돌덩이라고 하더니만······. 히히."

"자자. 돌머리인지 돌덩이인지는 다음에 두들겨 보고, 우선 인절미를 데려와야디. 오늘이 초복인데 선생님 뱃속으로 이미 들어가기라도 했으믄 안 대디."

기오와 호범이가 손을 잡고 뛰기 시작합니다. 비탈길을 돌아 가파른 언덕을 넘어 선생님 댁으로 내달립니다. 목덜미에 땀이 흥건합니다. 기오와 호범이가 우렁차게 소리를 지릅니다.

"인절미야, 기다려. 우리가 가고 있다고."

"복실아, 인절미 꼭 데리고 올게. 기다려."

＊

"크아 역시 야들야들한 게. 요거요거 새끼일수록 맛이 좋제. 오늘 몸보신 제대로 한 기라."

이쑤시개를 입에 물고 선생님은 불룩한 배를 연신 두드려 댑니다.

"헉헉, 선생님!"

"기오랑 호범이 아니노? 학교 끝난 지가 언젠데 우리 집엔 무슨 일이고? 땀을 와 이리 흘렀노. 이리 와서 시원하게 수박 묵자."

"엉엉, 선생님. 수박 말고 인절미요. 인절미!"

기오가 바닥에 주저앉아 발을 구르며 울음을 터트립니다.

"수박이 시원한데, 초복 날 인절미가 그렇게 묵고 싶나? 기오야 울지 마라. 내가 지금 당장 떡집이라도 가서 사 줄 끼고 마."

"그 인절미 말구요. 우리 강아지 인절미를 선생님이 방금 드셨잖아요."

"뭐? 하하. 니 인절미를 내가 먹었다꼬? 그런 거 절대 아니다. 이제야 니가 와 우는지 알겠다."

"그럼 야들야들한 거로 몸보신한 거. 그건 뭔데요?"

"그게 어찌 된 일인가 하면, 하숙집 아주머니가 오늘 초복이라꼬, 젤로 어리고 야들야들한 영계로 삼계탕 만들어 주셨다. 그라고, 한 가지 더! 선생님도 강아지 음청 이뻐한다. 어릴 적 내 키우던 강아지 이름이 콩꼬물이었다. 이제 걱정 말그라. 너희들 인절미는 우짜믄 좋을지 내한테 말해 보그라. 다 들어주께."

"선생님!"

기오와 호범이가 선생님 넓은 품에 덥석 안겼습니다. 선생님의 진득한 땀과 인삼 냄새가 섞인 시큼함도 호범이의 코끝에서는 왠지 달큰하기만 합니다.

"복실아! 이리 나와 봐! 인절미 구해 왔어. 우리가 인절미를 지켰다고!"

여름 하늘 속에서 잠자리들이 춤을 춥니다.

"인절미가 돌아왔어. 이젠 너랑 다신 헤어디디 않을 거야."

인절미가 열린 사립문을 지나 쏜살같이 어미에게 달려갑니다. 복실이가 경중경중 뛰며 꼬리를 연신 흔듭니다. 복실이와 인절미가 서로 핥고 또 핥습니다. 호범이와 기오 입가에 파란 수국 같은 웃음꽃이 방그레 피었습니다.

원플러스원
(1+1)

이정란

그릇이 하나 생겼습니다. 속이 깊게 파인 오래된 그릇이에요.
무엇을 담을까 고민하다 어린이의 마음을 담아 보려고 합니다.

원플러스원(1+1)

글 **이정란** | 그림 **김아인**

'철벅 철벅 철벅.'

나는 빗속으로 뛰어들었다. 옷이 금세 젖었다. 주위를 둘러보았다. 아파트 상가 뒷길엔 다행히 지나가는 사람이 없는 듯했다. 두 팔을 한껏 벌리고 눈을 감았다. 그러곤 얼굴을 젖혀 입을 '아' 하고 벌렸다. 몸속 가득 빗물을 받아 보고 싶었다.

오늘처럼 굵은 비가 내리는 날이면 우리 집 처마 밑에 붉은색 고무통을 받쳐 두곤 했었다. 내 어깨만치 오는 고무통엔 금세 빗물이 가득 차 이내 한 바가지씩 흘러넘쳤다. 그럴 때 나는 꼭 종이배 세 척을 만들어 띄웠다.

"이건 혜주 언니 배, 이건 동주 오빠 배, 이건 내 배. 킥킥킥,

누가 누가 오래 버티나 내기하는 거다."

　종이배는 통 속을 빙빙 돌다 넘치는 물과 함께 바닥으로 떨어졌다. 그러면 나는 얼른 종이배를 주워 통에 넣었다. 내 손은 종이배 세 척을 한꺼번에 잡을 수 없어서 두 척을 집어 통에 넣고, 얼른 남은 한 척을 집어 통에 넣었다. 다 되었다 싶었는데 먼저 집어넣은 배 두 척이 또 떨어진다. 남은 배 한 척은 통에 혼자 남아 뱅글뱅글 돌았다.

　"혼자는 외로워. 기다려. 동주 오빠 배랑 희주 배도 함께 넣어 줄 테니."

　어릴 적 생각을 하며 우산도 없이 빗길을 걸었다. 시원하게 떨어지는 빗물 소리에 속이 뻥 뚫리는 것 같았다. 어느덧 내 발길은 상가 뒤를 돌아 나와 아파트 정문에 닿아 있었다. 떨어지던 빗방울이 순간 멎었다. 내 머리 위에 파란색 우산이 비를 막아 주고 있었기 때문이다.

　"비가 이렇게 많이 오는데 왜 여기서 이러고 있어?"

　"⋯⋯."

　"이러다 감기 들겠다. 너희 집 어디니?"

　"⋯⋯."

　나는 눈두덩을 타고 흐르는 물을 훔쳐 냈다.

"어, 너?"

편의점 언니였다. 내가 하루도 빠짐없이 편의점에 들르기 때문에 서로 얼굴을 알고 지낸 지는 오래되었다. 나는 얼굴을 붉혔다. 하필 편의점 언니한테 비 맞으며 우는 꼴을 들켜 버린 것이다. 편의점 언니가 더 뭐라고 묻기 전에 등을 돌렸다. 그리고 앞을 향해 뛰었다. 뒤에서 나를 부르는 듯한 소리가 들렸지만 돌아보지 않았다.

비를 맞으며 달리다 보니 어느새 집 앞이었다. 온몸이 흠뻑 젖은 채 현관문을 열었다. 나를 보고 놀란 엄마가 큰 소리로 말했다.

"너 어디 갔었네? 이 꼴은 다 뭐간?"

"……."

"이 간나가 여기가 어딘 줄 알고 오밤중에 뛰쳐나가 비를 맞고 돌아다니는 거네?"

엄마는 화를 낼 때 꼭 그곳 말을 썼다. 나는 대꾸 없이 방으로 들어가 물기를 털어 냈다.

다음 날 센터에서 돌아오는 길에 그 편의점을 찾았다.

"음, 이거 말고 그 옆에 350mL짜리 우유 새로 나왔거든? 그게 더 맛있어."

편의점 언니는 늘 180mL짜리 딸기 우유를 고르는 나에게 새로 나온 더 큰 사이즈의 우유를 권했다. 나는 계산대 위에 놓여 있던 내가 고른 물건을 다시 한번 들었다 놓았다. 편의점 언니는 침을 꿀꺽 한 번 삼키더니 삼각김밥과 딸기 우유의 바코드를 찍었다. 나는 계산대 위로 2,000원을 올려놓고 물건을 챙겨 급하게 나왔다.

"얘! 잠깐만! 잠깐만!"

"왜요?"

편의점 언니는 똑같은 딸기 우유 하나를 내 손에 쥐어 주었다.

"원 플러스 원이야. 오늘은 두 개 먹어."

"저 이거 필요 없으니 다른 사람 줘요."

"안 돼. 네 거야. 그러니까 네가 먹든 누굴 주든 네 맘대로 해. 근데 너 말할 줄 아는구나?"

"쳇, 뭐라고요?"

편의점 언니는 활짝 웃어 보이며 한쪽 눈을 찡긋해 보였다.

"잘 가, 내일 보자."

내일부턴 사거리 큰길가 편의점으로 가야겠다고 생각했다.

집에 오빠가 와 있었다. 대학생인 오빠는 거의 학교에서 살다시피 하고 집에는 가끔 들러 옷만 챙겨 나가곤 했다. 이곳 생활이 몸에 맞춘 듯 딱 맞는다는 오빠는 나와는 뼛속부터 다른 사람이다. 어떻게 저리 태평하게 잘 살 수 있는지 볼수록 신기하기만 하다. 그 일은 다 잊어버린 걸까?

곧이어 엄마가 들어왔다. 손에 커다란 장바구니가 들려 있었다. 오빠가 집에 오는 날이면 엄마는 퇴근길에 바구니가 터져 나갈 듯이 장을 봐 오곤 했다. 나는 '흥' 하는 헛웃음 한 번 치고는 식탁에 앉아 삼각김밥을 뜯어 한 입 베어 물었다.

"너는 집에서 밥을 먹으면 되지, 꼭 그런 걸 사 먹니?"

나는 겨우 한 입 베어 문 삼각김밥을 보란 듯 쓰레기통에 처박았다. 그러고는 꽝 소리가 나게 현관문을 닫고 집을 나왔다.

7시가 다 되어 가는데 아직도 대낮처럼 환했다. 나는 아파트 놀이터로 향했다. 딱히 갈 곳이 없었기 때문이다. 나무 의자에 앉아 하늘을 올려다봤다. 파란 하늘에 양털 같은 구름이 몽실몽실 피어 있었다. 눈이 시원했다. 얼마 만에 보는 맑은 하늘인지 몰랐다. 요 며칠 계속 비가 내렸다.

"쟤 뭐야? 우리 반 따순이잖아?"

"뭐 하고 있는 거야? 하늘 감상? 자연 관찰? 흐흐흐."

"아, 맞다. 쟤 북한 애래. 누가 우리 반 담임이랑 5반 담임이랑 교무실에서 하는 얘길 들었대."

"헉! 대박! 그럼 혹시 꽃제비 이런 거? 아, 무서워."

나는 소리가 나는 쪽으로 고개를 획 돌렸다. 피아노 가방을 손에 든 여자아이 셋이 재빨리 지나갔다. 이곳 아이들은 뒤에서는 짐짓 호기로운 맹수인 척하다가도 앞에서는 깨갱거리는 생쥐가 되어 줄행랑치기 바빴다.

'흠, 그래 마구 지껄여라. 나는 아무 상관 없다. 뒷말만 몰래 훔쳐 듣는 생쥐 같은 것들.'

이어폰을 꺼냈다. 이럴 때는 최대치의 볼륨으로 음악을 듣는 것이 좋았다. 빠른 리듬이 뇌세포를 타고 흘러가는 것 같았다. 음악은 머릿속을 기분 좋게 간질였다.

엄마는 모든 걸 걸었다고 했다. 우리는 모두가 잠든 깜깜한 밤에 작은 가방을 하나씩 메고 그곳을 떠났다. 누구에게 들킬까 봐 발소리도 내지 않고 대문을 열고 나오는데 온몸이 부들부들 떨렸다. 그런 나를 혜주 언니는 꼭 안아 주었다. 언니 품에 안겨 나는 깊게 숨을 내쉬었다.

"주홍이네 아버지는 끌려갔단다. 강을 넘다 걸려서 리……."

"우린 아무 일 없다. 엄마가 돈을 많이 주어 쉽게 넘어갈 거니까니."

"내래 여기도 좋다래."

"우리 희주는 언니가 꼭 지켜줄 거니까니. 걱정 말라우."

그날 우리 가족은 양강도 혜산 집을 뒤로하고 압록강을 건넜다. 중국 장백을 거쳐 연길로, 연길에서 산둥반도로, 그리고 쿤밍으로, 쿤밍에서 중국과 라오스의 국경 지대를 가까스로 넘었다. 일주일간 구불구불한 산길을 쉴 새 없이 달리기도 했고 모기떼가 득실거리는 밀림을 온종일 걷기도 했다. 중국과 라오스의 국경을 지날 땐 중국 공안에 붙잡힐 뻔하기도 했다. 그렇게 아슬아슬한 시간이 지났다.

날짜가 어떻게 지나갔는지 몰랐는데 오빠가 집을 떠나온 지 딱 6개월이 되었다고 했다. 그리고 우리는 메콩강을 건너기 위해 작은 배에 올라탔다. 메콩강만 넘어가면 우리는 남한으로 갈 수 있다고 했다. 쪽배였다. 처마 밑 물받이 통에서 가지고 놀던 종이배가 떠오를 만큼 작았다.

메콩강을 어떻게 건넜는지가 기억나지 않았다. 정신을 차리고 보았을 때 4명이 아닌 3명이 태국의 야트막한 산길을 지나 차들이 나다니는 도로 위를 걷고 있었다. 아무도 이야기해 주지 않았다. 혜주 언니가 어디로 갔는지에 대해서. 나는 악을 쓰고 울었다. 엄마도 오빠도 고개를 숙일 뿐 말이 없었다. 나는 엄마의 옷자락을 부여잡고 혜주 언니에 관해 물었다.

"혜주는 처음부터 없었다. 그렇게 생각하라우."

엄마의 눈에 독기가 서렸다. 어금니를 악다물어 귀밑 턱뼈가 튀어나올 듯했다.

시간이 얼마나 지났을까? 파랬던 하늘이 그새 암청색으로 바뀌어 있었다. 귀에서 이어폰을 뺐다. 배에서 나는 꼬르륵 소리가 우스웠다. 오늘은 더 유난스러웠다.

'버리지 말걸……'

있을 리가 없는데도 나는 습관처럼 주머니를 뒤졌다. 오늘은 6월 20일. 배가 유난스럽게 꼬르륵거린 이유가 있었다. 오늘은 내 생일날이었다. 양강도 우리 집을 떠나오고는 한 번도 챙겨 보지 못한 생일이다. 이제 우리 가족에게 태어난 날과 사라진 날은 중요한 게 아니었다. 1시간 전쯤에 나를 힐끗거리던 여자아이 셋이 다시 지나쳐 간다. 벤치에 앉아 음악을 듣는 사이 피아노 수업이 끝나서 집으로 돌아가는 모양이다.

"헉, 쟤 아직도 있네. 뭐야? 갈 곳이 없나 봐."

"북한으로 다시 돌아가지."

"돌아가면 뭐 하냐? 먹을 것이 없어서 굶어 죽는다는데. 불쌍하다."

세 아이는 순서대로 한마디씩 했다. 아이들의 말이 꼭 순서대로 쓰러지는 도미노 같았다. 나는 자리에서 일어섰다. 한번은 쏘아붙여 줘야 할 것 같았다. 그래야 다시는 그딴 말을 안 할 테니. 세 아이의 앞을 가로막고 일부러 한 명씩 눈을 맞추었다. 세 아이는 내 행동에 잔뜩 겁을 먹은 눈치였다.

"아, 아니. 우, 우리 그냥……."

"한 번만 더 그딴 말 해 봐. 내가 가만두나."

나는 똑똑 끊어서 한 단어씩 힘을 주어 말했다. 세 아이는 놀란 얼굴을 하고는 후다닥 뛰어갔다. 다리 힘이 풀렸는지 나는 그 자리에 털썩 주저앉았다. 내내 참고 참았던 눈물이 걷잡을 수 없이 쏟아져 나왔다. 단단히 막아 뒀다고 생각한 눈물 둑이 스르르 무너져 버렸다.

"엉엉, 엉엉. 나도 돌아가고 싶어. 다시 양강도 우리 집으로 돌아가고 싶어. 우리 언니랑 살았던 때로 돌아가고 싶어."

그 아이들의 말처럼 다시 돌아갈 수 있다면 얼마나 좋을까? 그런데 그럴 수 없다. 돌아갈 수 있는 곳이었다면 처음부터 떠나올 생각도 하지 않았을 테니. 그때였다. 누군가 내 양팔을 붙잡고 나를 일으켜 세웠다. 고개를 슬쩍 들어 보았지만 쏟아지는 눈물에 앞이 흐릿했다. 누군가가 조금 전까지 내가 앉아 음악을 듣던 나무 의자로 데려다 앉혔다. 눈물이 조금씩 말랐다. 그제야 정신이 들었다.

"이제 좀 괜찮니? 못된 애들이야. 그런 애들 말 마음에 둘 것 없어."

편의점 언니였다. 어제 우산을 씌워 준 편의점 언니는 조금 전 여자아이들의 말을 다 듣고 있었던 모양이다.

꼬르륵.

"어? 너 배고프구나? 아, 어떡하지? 뭐라도 같이 먹었으면 좋겠는데, 오늘 엄마……."

"저 이제 집에 갈래요."

"그래. 다 괜찮아질 거야. 집에 가서 꼭 밥 먹어. 알았지?"

나는 자리에서 일어섰다. 고개를 끄덕하고 돌아서는데 편의점 언니가 나를 불렀다.

"얘! 너 이름이 뭐니? 난 윤서야. 나이는 스물한 살. 우리 이제 오가다 만나면 인사하자."

"희주예요, 흠흠."

목이 잠겨 소리가 제대로 나오지 않았다.

"아, 혜주? 예쁜 이름이네."

"희주라고요, 희주. 혜주는 우리 언닌데 죽었어요. 그래서 이젠 없어요."

편의점 언니는 순간 다음 말을 잇지 못했다. 당연했다. 사람이 죽었다는데 다음 말을 줄줄이 내뱉을 사람이 어디 있을까?

"그래, 그랬구나. 네가 얼마나 아팠을지 나도 조금 알 것 같아. 나도 엄마가 돌아가셨거든. 언니가 중학생 때. 오늘이 엄마 제삿날이야."

"……."

이번엔 내가 말을 잃었다. 편의점 언니는 아무렇지 않은 듯 웃어 보였다.

"우리 둘 다 가족을 잃은 공통점이 있네. 사람이 죽으면 별이 된대. 그래서 반짝반짝 빛을 내는 거래. 남아 있는 사람들에게 잘 있으니 걱정하지 말라고 사인을 보내는 거지. 좀 있다가 별이 뜨면 한 번 봐. 특별히 너에게만 더 반짝이며 빛나는 별 하나가 있을 테니."

집으로 돌아오는 길에 편의점 언니의 말을 되새겨 보았다.

'정말 언니가 별이 되었을까? 언니가 나를 내려다보고 있을까?'

편의점 언니 말이 틀린 말이 아니길 바랐다. 혜주 언니가 저 하늘에 별이 되어 나를 내려다보고 있다고 생각하니까 마음이 조금 환해지는 것 같았다. 그렇다면 언니에게 뭐라고 말을 건네야 할지 생각해 보았다. 엉엉 울지는 말아야겠다고 생각했다. 가장 슬픈 사람은 별이 된 언니일 테니까. 편안하고 자연스럽게, 양강도 혜산 집에서 도란도란 이야기 나누듯 말을 걸어야겠다고 생각했다.

늘 그렇듯이 집은 조용했다. 방으로 들어가려는데 엄마가 나를 불러 세웠다.

"어디 갔다 지금 오니?"

"……."

"밥 차려 놨으니 얼른 먹어라."

나는 잠시 머뭇거렸다.

"오늘이 네 생일 아니냐? 생일 밥 차려 주려고 2시간 일찍 퇴근하고 온 거다. 얼른 먹어."

"어떻게 알았어?"

"자식 생일도 모르는 어미가 있다더냐?"

"그럼 작년이랑 재작년이랑은 왜 내 생일 밥 안 해줬는데?"

"국 식는다. 어서 먹어."

오랜만에 엄마와 식탁에 마주 앉았다. 나는 어느새 미역국 한 그릇을 깨끗이 비웠다. 엄마가 작은 종이가방 하나를 내밀었다.

"이거 네 생일이라고 오빠가 사 온 거다. 시계라던데 한번 풀어 봐."

"오빠가?"

"그래. 오빠도 네 걱정 많이 한다. 네 오빠가 이번 해부턴 꼭 네 생일 챙겨 주자고 하더라. 3년이 지났으니 인제 그만……."

엄마는 다음 말을 선뜻 하지 못하고 끝이 갈라진 손톱을 매만졌다. 식당 주방 일을 하는 엄마의 손을 3년 만에 자세히 보았다. 마음속에 뾰족한 가시 하나가 박힌 듯 따끔거렸다.

벌써 3년이 지났으니 엄마 말도 틀린 건 아니다. 3년간 우리 가족은 숨을 죽이며 살았다. 산다는 표시를 내지 않고 살았다. 없는 듯, 있는 듯, 죽은 듯, 살아 있는 듯. 그러는 사이 시간은 자꾸만 지나갔다. 아픔을 다독일 틈도 주지 않고.

빈 그릇을 개수대에 넣고 수도를 틀었다. 스펀지에 세제 거품을 내어 그릇을 닦았다. 달그락달그락 소리가 기분 좋게 났다. 나는 설거지하는 것을 좋아했다. 음식이 담겼던 흔적을 깨끗이 지우고 나면 마음이 상쾌했다. 마지막 남은 접시 하나를 닦아 받침대에 올리고 물을 잠갔다.

"엄마, 우리도 지내자."

"뭘?"

"언니 제사."

엄마는 말없이 나를 빤히 보더니 방으로 들어갔다. 나는 안심했다. 엄마가 화를 내지 않는 건 그렇게 하자는 뜻임을 알기 때문이다.

'나만 힘든 게 아니었어. 엄마도 힘들었던 거야.'

그동안 엄마의 속마음을 몰라준 것 같아 미안한 마음이 들었다. 방으로 들어와 오빠가 준 종이가방을 열어 보았다. 멋

없이 숫자만 크게 박힌 까만색 시계였다. 무뚝뚝한 오빠다운 선물이었다.

오늘도 6시쯤 편의점 문을 열고 들어갔다. 계산대에 줄이 길었다. 나는 처음으로 천천히 편의점을 둘러보았다. 진열대가 여러 개였고 삼각김밥과 우유 말고도 간단한 과일에 빵도 보였다. 안쪽으로 돌아가니 학용품이나 양말 같은 것도 있었다. 계산대에 줄이 짧아졌다. 나는 얼른 우유 진열장으로 가서 우유를 골랐다. 오늘은 삼각김밥이 필요 없었다. 어제 엄마가 해 놓은 밥이 남아 있으니까. 우유는 아동센터 선생님이 하루에 하나씩은 꼭 먹으라고 해서 사야 했다. 늘 골랐던 180mL짜리 딸기 우유를 집었다. 오늘은 1+1 표식이 없다. 나는 잠시 주저하다가 집었던 우유를 내려놓고 350mL짜리 우유를 두 팩 집었다. 계산대 앞에 줄이 없어졌다. 나는 얼른 계산대 앞에 섰다.

"어? 오늘은 다른 거네?"

2,000원을 편의점 언니의 손 앞으로 내밀었다. 편의점 언니가 내 손바닥에 200원을 올려 준다. 나는 손에 든 우유 한 팩을 내밀었다.

"왜 날 줘?"

"오늘은 이게 1+1이래요. 누굴 주든지 버리든지 맘대로 해요."

편의점 언니가 활짝 웃는다. 나는 고개를 끄덕해 보이고 편의점 문을 열고 밖으로 나갔다. 문고리에 걸린 종이 '딸랑' 소리를 냈다. 가볍고 경쾌했다.

핑클파마
나가신다

박은선

곧 사춘기에 접어드는 큰아이와 돌쟁이인 작은아이를 키우느라 눈코 뜰 새 없이
바쁜 엄마입니다. 앞으로도 계속 동화를 읽고 쓰며 잃어버린 동심을 찾고 싶습니다.

핑클파마 나가신다

글 **박은선** | 그림 **최희진**

"아야!"

눈을 떠 보니 언니 팔이 내 얼굴 위에 있다.

'에잇, 더워서 간신히 잠들었는데…….'

오늘도 새벽부터 푹푹 찐다. 깬 김에 물이나 한 모금 마시러 마루로 나갔다. 그런데 불도 켜지 않은 채 아빠가 텔레비전을 보고 있었다.

"아빠."

아빠가 몰래 무언가를 하다 들킨 사람처럼 당황한 기색으로 텔레비전을 껐다. 그러고는 재빨리 눈가를 훔쳤다.

"으응? 아, 해선이 깼구나. 테레비 소리가 컸니?"

"아니요. 언니 때문에 깼어요."

"그래? 피곤하겠네. 좀 더 자라. 아빠도 다시 들어갈 거야."

기분 탓일까? 안방으로 돌아서는 아빠의 어깨가 축 처졌다.

"해선아, 너 진짜 안 일어날래? 엄마가 몇 번을 깨워야겠니?"

퍼뜩 정신을 차리고 시계를 보니 벌써 9시다.

"아무리 방학이라도 그렇지. 이렇게 게을러서 쓰겠어? 언니는 벌써 일어나서 아침밥 먹고 도서관 간다고 준비하잖니."

나는 입을 삐죽이며 투덜거렸다.

"치, 맨날 언니만……."

"뭐?"

"아, 아니에요. 엄마, 오늘이 무슨 날인지 알아요?"

"당연히 알지. 1983년 7월 30일, 우리 해선이 열두 번째 생일이지. 엄마가 이 더운 날 널 낳느라 얼마나 고생했는데 그걸 잊겠니?"

엄마 대답에 피식 웃음이 나왔다. 서둘러 마루로 나오니, 미역국에 불고기까지 푸짐한 생일상이 차려져 있었다. 허겁지겁 불고기 한 점을 입에 넣자, 입안에서 사르르 녹았다. 텔레비전에서는 이산가족을 찾는 사람들과 이산가족을 찾은 사람들이 한바탕 눈물을 쏟아 내고 있었다.

"아빠는요?"

"아빠는 벌써 출근했어. 더워서 그런가, 밥맛도 없는지 아침도 거르고 나갔네. 이 양반이 어디다 정신을 팔았는지 도시락도 잊어버리고. 이따가 아빠 도시락 좀 가져다드려라. 간 김에 머리도 자르고."

나갈 채비를 하던 언니가 킥킥거렸다.

"아, 싫어요. 엄마랑 언니는 미용실 가잖아요. 왜 나만 아빠한테 머리 자르라는 건데요. 치."

"야, 나도 국민학생 때는 아빠 가게 가서 머리 잘랐어. 기억 안 나냐?"

"흥, 가던 길이나 빨리 가시지."

언니가 괜히 토를 달아서 내 기분을 잡쳤다. 언니의 구불구불한 앞머리를 보니 불쑥 화가 치밀었다.

"근데 우리는 이산가족 찾기 신청 안 해요? 아빠도 전쟁 때 헤어진 형이랑 누나가 있다고 했잖아요."

"응, 아빠가 너무 어렸을 적에 형제를 잃어버려서 이름을 잘 모른다고. 아빠 이름만 겨우 알고 있는데 뭐. 네 아빠도 찾고 싶어 하는 것 같기는 한데……. 어유, 해선아, 너 언니랑 싸우지 좀 말고 우애 좋게 지내. 아빠가 너희 둘이 싸우는 걸 세상에서 제일 싫어하는 거 알지? 응?"

"언니가 맨날 놀리잖아요."

"내가 언제?"

언니가 실실 웃으며 말하니까 화가 더 부글부글 끓어올랐다.

"지금도 놀렸잖아?"

"언제?"

"언니면 다야."

꽥 소리를 질렀다.

"또, 싸운다."

엄마가 종주먹을 휘두르며 소리치는 바람에 입을 다물 수밖에 없었다. 엄마 몰래 언니가 혀를 쏙 내밀고는 밖으로 뛰어나갔다. 당장이라도 언니에게 달려들고 싶었지만 겨우 참았다.

"엄마가 오늘 중요한 계모임이 있어서 나가야 하니까 아빠한테 도시락 가져다드리고 머리도 잘라."

"네……."

생일날 시작이 상쾌하지는 않다. 그래도 괜찮다. 나는 오늘 내 생일을 맞이하여 나에게 특별한 선물을 할 생각이니까. 이 특별한 선물을 위해 몇 달 동안 용돈을 모았다. 모자란 돈은 아빠에게 달라고 해야지. 부랴부랴 옷을 갈아입는데, 살짝 열린 언니 책상 서랍이 눈에 들어왔다. 어! 언니 지갑이다. 안에는 500원짜리 지폐에 1,000원짜리 지폐까지 있었다. 쿵쾅쿵쾅. 심장아, 그만 나대!

'잠깐만 빌려 쓰고 나중에 갚으면 되지 뭐.'

나는 1,500원을 슬쩍 빼 잽싸게 바지 주머니에 넣고 서랍을 닫았다. 그 순간 방문이 덜컥 열렸다.

"해선아, 아빠 도시락이랑 찐 감자도 쌌어. 너도 아빠랑 같이 좀 먹어. 나갈 때 꼭 가져가라."

"네? 네!"

엄마가 나갈 준비를 해야겠다며 서둘러 화장실로 향했다.

'휴, 다행이다. 엄마가 못 봤겠지?'

서둘러 집을 나섰다.

버스를 기다리는데 언니와 언니 친구들이 주위를 두리번거리는 게 보였다. 지갑을 찾는 것 같았다. 언니에게 들킬까 얼른 몸을 숨겼다. 다행히 언니는 나를 보지 못한 채 골목길로 사라졌다. 마음은 급해 죽겠는데, 한참을 기다려서야 버스에 올라탔다. 지금쯤 언니는 집에 가서 텅 빈 지갑을 발견했을지도 모른다. 혹시라도 눈치챈 언니가 쫓아올까 봐 조마조마했다. 오늘따라 기사 아저씨는 어찌나 꾸물거리는지 애가 타서 죽는 줄 알았다. 창문을 열자 더운 바람이 훅 들어왔다. 우리 집과 조금씩 멀어질수록 쿵쾅거리던 가슴이 조금씩 누그러들었다.

금촌 읍사무소 사거리에서 내렸다. 아빠 가게까지는 별로 멀지 않지만, 너무 더워 걷는 것조차 힘들었다. 시원한 쭈쭈바를 사려고 정류장 앞 구멍가게에 들어갔다. 가게 아줌마는 텔레비전에 눈을 고정하고 눈물을 찍어 내며 돈을 받았다. 집도, 밖도, 여기도, 저기도 온통 이산가족 찾기 붐이다.

쭈쭈바를 먹으며 걸으니 한결 낫다. 이제 조금만 가면 아빠 이발소가 나오고 그 건너편 골목에 새로 생긴 미용실이 있다. 아빠에게 빨리 도시락을 건네주고 미용실에 가야지. 이발소 문은 언제나처럼 활짝 열려 있었다. 토요일인데도 손님이 없네. 아직 회사가 안 끝난 시간이라 그런 걸까. 아빠는 혼자 텅 빈 이발소에서 이산가족 찾기 방송을 보고 있었다.

"아빠, 나 왔어요."

아빠는 내가 온 것도 모르고 화면에 푹 빠져 있었다. 나는 다시 큰 소리로 아빠를 불렀다.

"아빠!"

그제야 아빠는 화들짝 놀라 돌아다보았다.

"어, 해선이 왔구나."

"이산가족 찾기가 그렇게 재미있어요?"

"재미있기는……. 그냥 보는 거지. 도시락 가져왔네? 착하구나, 우리 해선이."

나는 도시락을 건넸다. 아빠는 도시락을 탁자에 놓고 보자기를 풀며 말했다.

"계란말이에 불고기까지, 진수성찬이로구나. 오늘 무슨 날인가?"

"아빠, 오늘이 내 생일인 거 잊어버렸단 말이에요?"

나는 아빠를 흘겨보았다.

"아이고, 요즘 아빠가 깜빡깜빡하네. 생일 축하해, 우리 이쁜 딸. 엄마가 너 가게에 오는 김에 머리도 좀 잘라 주라고 하던데?"

"안 돼요. 저 오늘은 다른 일이 좀 있어서 빨리 가 봐야 해요."

"그래? 그래도 아빠랑 점심은 먹고 가는 거지? 출출한데 먹어 볼까."

"나 오늘 좀 바쁜데……."

아빠가 몹시 서운해했다.

"알겠어요. 그럼 저는 찐 감자 후딱 먹고 갈게요."

아빠와 나는 사이좋게 마주 보고 앉아 이른 점심을 먹었다. 감자를 먹는 나를 물끄러미 바라보는 아빠의 눈가가 촉촉했다.

"아빠, 밥 먹다 말고 왜 그래요? 내가 먹는 것만 봐도 막 감동적으로 예쁘고 그런 거예요? 히히."

"으응, 아빠 어렸을 때 기억이 나서……, 별것 아니야."

당장이라도 언니가 이발소 문을 열고 들이닥칠까 봐 조바심이 일었다. 남은 감자 덩어리를 입에 욱여넣고 자리에서 일어났다.

"벌써 가게?"

한꺼번에 넣은 감자 때문에 목이 막혀 대답 대신 간다는 손짓과 눈인사를 하고는 급히 나와 길을 건넜다.

미용실 앞에 서자 가슴이 콩닥거렸다. 서울에서 미용실을 하다 와서 엄청나게 잘하는 곳이라고 했다. 나는 숨을 가다듬고 미용실 문을 열었다. 소문대로 아줌마들이 많았다.

"어머, 해선아. 너 혼자 온 거니?"

옆집 아줌마였다. 아줌마가 내가 미용실 온 걸 엄마에게 이를까 봐 걱정이 앞섰다.

"네, 엄마가 혼자 가라고 하셨어요."

나는 최대한 자연스럽게 보이려 애썼다. 세련돼 보이는 아주머니가 나에게 자리에 앉으라 했다. 이분이 원장님인가 보다.

"그래, 학생은 머리를 어떻게 해 줄까요? 커트?"

"네, 조금만 다듬어 주시고요, 앞머리는 핑클파마로 해 주세요."

"멋을 아는 학생이네. 호호호."

그때 거울에 한 남자아이가 내실에서 나오는 모습이 비쳤다. 학기 초에 전학 온 우리 반 인기남, 안재민이었다. 재민이는 놀란 눈으로 나를 가리켰다.

"어, 강해선!"

"어머, 재민이가 아는 애니?"

"엄마, 얘 우리 반 친구예요."

재민이 엄마가 미용실 원장님이라니. 어쩐지 재민이의 머리는 늘 멋졌다.

"어머, 반갑구나. 재민이 친구니까 아줌마가 특별히 싸게 잘해 줄게."

안재민이 뒤에서 계속 나를 쳐다보았다. 왠지 얼굴이 화끈거리고 고개가 자꾸 수그러졌다.

"재민아, 너는 안에 들어가서 엄마가 하라는 것이나 해. 바깥일 참견하지 말고. 해선아 어깨 좀 펴고 똑바로 앉아 볼래?"

원장님은 빠른 손놀림으로 머리를 다듬고 파마를 하기 시작했다. 머리를 만지기 시작한 지 얼마 안 된 것 같은데 벌써 다 말았다며 비닐 망을 씌워 주었다. 드디어 핑클파마 완성. 이제는 언니가 와도 안심이다. 열기구 밑에 앉자, 텔레비전에서 나오는 이산가족 찾기 방송 장면이 눈에 들어왔다. 미용실에 있는 아줌마들은 화면을 보면서 다들 한마디씩 했다.

"우리 아는 사람도 저 프로 신청했다지. 아마?"

"금촌에서 이산가족 찾기 신청한 사람이 엄청 많다더라고요."

여기저기 이산가족 찾기 얘기뿐이다. 다른 재미있는 프로그램도 많은데……. 나는 잡지에 나온 멋진 모델 사진들을 보며 파마가 끝나고 난 후 모습을 상상해 보았다.

'이 모델들처럼 예쁘겠지? 언니보다도 더 예쁠 거야. 히히.'

이런 날 안재민이 보고 있는 건 아닐까 자꾸 신경 쓰였다.

"어? 잠깐! 저기 테레비에 나오는 사람을 어디서 봤더라?"

옆집 아줌마가 텔레비전과 나를 번갈아 보면서 말했다.

"저기 저 테레비에 나오는 사람, 해선이 너랑 좀 닮은 것 같지 않니?"

"저랑요? 에이……."

"아니야, 닮았어. 아니다. 너보다는 너희 아빠랑 더 닮았네. 재민 엄마, 길 건너 이발소 알지? 거기 이발사가 얘네 아빤데, 닮아 보이지 않아?"

"그런가요? 어디 보자. 자세히 보니 그런 것 같기도 하네요. 강 사장님이랑 많이 닮았어요."

아빠를 닮았다는 말에 다시 텔레비전을 보았다. 자세히 보니 아빠처럼 눈이 부리부리하고 온화한 인상이다. 아저씨 이름은 강순구, 나이는 48세. 아빠보다 열 살이나 많았다. 피란길에 남동생을 잃어버렸다고 한다. 그런데 남동생 이름이 아빠와는 달랐다. 우리 아빠는 강선호인데, 찾는 사람은 강순오였다.

"우리 아빠랑 이름이 달라요."

"그래? 그래도 무척 닮았는데, 너 아줌마 눈썰미 알지? 아줌마가 지난주에 이 프로 보면서 현경 엄마 닮은 사람 보고 현경이네 친척도 찾아 줬잖니."

"진짜요? 그러고 보니 아빠를 많이 닮은 것 같기는 해요."

"그렇지? 내 눈이 정확하다니까. 혹시 모르니까 아빠한테 알려드려."

텔레비전 속 이산가족 찾기만 뚫어지게 쳐다보는 아빠의 뒷모습이 떠올랐다.

"원장님, 저 잠깐 전화 좀 써도 돼요?"

"어, 되지. 어서 전화하고 와. 이제 머리 풀어야 하니까."

"네."

의자에서 내려와 재빨리 아빠 가게에 전화를 걸었다. 아빠는 전화를 받지 않았다. 다시 전화를 걸며 펜을 찾고 있는데 언제 왔는지 재민이가 볼펜을 건넸다. 나는 전화기 옆에 놓인 메모지에 '11073 강순구'를 적었다. 여전히 아빠는 전화를 받지 않았다. 급한 마음에 미용실을 뛰쳐나왔다.

"해선아, 머리 풀어야 해!"

원장님 목소리가 내 뒤를 따라왔다.

"아빠!"

이발소에 도착하니 화가 난 언니가 나를 향해 달려들었다.

"야, 강해선! 너 죽었어. 야, 너!"

"아, 내가 뭐!"

애써 한 핑클파마가 망가질까 봐 요리조리 언니를 피해 도망 다녔다. 언니 눈이 이글이글 타올랐다. 의자를 밀치며 달려드는 언니에게 잡히면 끝장이다.

"너희들, 싸우지 말라고 그랬지? 그만해!"

"아빠, 해선이가 내 돈 훔쳐 갔단 말이에요."

"훔친 게 아니라 잠깐 빌린 거야."

아빠 눈치를 살피며 말했다. 그러고는 얼른 메모지를 내밀었다.

"아빠, 이거요."

아빠는 그제야 내 머리를 알아보았다.

"해선아, 머리에 그건 뭐야? 이 쪽지는 또 뭐고?"

"아빠, 좀 전에 이산가족 찾기 프로 못 봤어요?"

"잠깐 일이 있어서 나갔다 왔는데, 왜?"

"테레비에서 아빠랑 닮은 아저씨가 나왔단 말이에요. 제가 메모지에 접수번호랑 그 아저씨 이름 써 왔어요."

아빠 손에 들린 메모지가 파르르 떨렸다. 아빠는 한참 동안 말을 잇지 못했다. 언니도 나도 입을 다물고 아빠 눈치를 살폈다. 아빠는 텔레비전 화면을 뚫어져라 쳐다보았다. 화면 속 사람들은 애타게 잃어버린 누군가를 찾아다녔다. 그 속에 강순구 아저씨는 보이지 않았다.

아빠가 수화기를 들었다.

"여보세요, 거기 KBS죠?"

아빠가 전화 통화를 하는 사이 언니가 다가왔다. 언니가 머리를 뜯을까 봐 앞머리를 손으로 가리고 뒷걸음질을 쳤다.

"야, 머리가 이게 뭐냐? 언니 머리가 그렇게 부럽디?"

언니는 투덜거렸지만 조금 전처럼 화난 것 같지는 않았다. 슬그머니 미안한 마음이 들었다.

"언니, 내가 언니 돈 훔친 거 아니고 잠깐만 빌리려고 그런 거야."

"그 돈, 너 생일 선물 사 주려고 모아 놓은 거야. 이 바보야."

언니는 내 머리에 있는 핀을 빼 주며 말했다. 그때, 한참을 통화한 아빠가 맥이 풀렸는지 소파에 털썩 주저앉았다.

"왜요? 방송국에서 뭐라는데요? 아빠 형제 맞대요? 만나게 해 준대요?"

"응. 방송국으로 와서 직접 확인하라는구나. 해정아, 해선아, 너희들은 집에 가 있거라."

"아빠, 나도 가고 싶어요. 나도 같이 갈래요. 아빠는 그 아저씨 얼굴 모르잖아요. 제가 그 아저씨 얼굴 기억하고 있다고요."

언니도 이번만은 나와 뜻이 같았다.

"아빠, 우리 큰아버지를 만날 수도 있는 거잖아요. 저희도 가게 해 주세요. 네?"

"……."

나는 아빠 손을 잡고 졸라댔다. 아빠는 말없이 고개를 끄덕였다.

"앗싸, 핑클파마 나가신다! 여의도로 출발!"

언니는 피식 웃으며 나를 살짝 흘겨보았다.

처음 가 본 여의도는 신기했다. 방송국은 드넓은 여의도 광장 옆에 있었다. 방송국뿐만 아니라 여의도 광장은 가족을 찾기 위해 나온 사람들이 몰려들어 몹시 붐볐다. 우리는 방송국 안내에 따라 스튜디오로 들어섰다. 스튜디오 안도 손간판을 들고 자신의 인터뷰 차례를 기다리는 사람들, 가족의 연락을 기다리는 사람들로 꽉 차 있었다. 나는 그들 중 강순구 아저씨를 단박에 알아보았다.

"아빠, 저기!"

내가 가리키는 손가락을 따라 아빠 눈동자가 움직였다. 아빠는 아저씨를 본 것인지 아닌지 알 수 없는 표정을 지은 채 동상처럼 굳어 버렸다. 강순구 아저씨도 아빠를 본 걸까? 강순구 아저씨가 벌떡 일어나더니 한달음에 달려왔다.

"순오야, 우리 순오 맞지?"

아저씨가 아빠 손을 잡고 울부짖었다. 아저씨 눈에서 눈물이 뚝뚝 떨어졌다.

"우리 순오구나, 강순오!"

"저……, 제 이름은 강선호입니다만."

아빠 눈에서도 눈물이 볼을 타고 흘러내렸다.

"아냐, 강순오가 맞아. 왕방울만 한 눈은 어디 가지 않았구나."

"저는 잘……."

"우리 오마니, 아바지는 전쟁 때 포탄 맞아 돌아가시고, 너랑 순영이랑 나랑 같이 남으로 내려왔잖아."

"……."

"누나 이름은 기억하니?"

"아, 아니요⋯⋯."

아빠는 울먹이며 대답했다.

"그래, 제 이름도 잘못 기억하고 있으니 오죽하겠어. 혹시 피란 때 뭔가 기억나는 게 없는가?"

"⋯⋯, 형이 찐 감자 한 알을 구해 준 기억이 있어요. 형은 안 먹고 누나랑 저만 먹었는데⋯⋯."

"아이고, 순오야! 진짜 우리 순오가 맞구나! 내가 그 감자를 주고 얼마 안 가 너를 잃어버려서, 가슴에, 으허헝⋯⋯."

아저씨는 아빠를 얼싸안았다. 아빠는 이제 꺼이꺼이 목 놓아 울었다. 아빠와 큰아버지의 모습을 곁에서 보며 나도, 언니도 함께 울었다. 나를 다독이는 언니 손이 따뜻했다.

분단&실향 역사동화집

너도밤나무 아래 갈림길

초판 1쇄 발행일 2021년 10월 13일

지은이	정다운 정민영 이희분 박경희 김지하 유진희 이소향 이정란 박은선
발행인	박인애
편 집	박인애 · 장경선 · 최민경 · 조인영
디자인	여YEO디자인

발행처	구름바다
등록일	2017년 10월 31일
등록번호	제406-2017-000145호
주 소	파주시 노을빛로 109-1 301호
전 화	031-8070-5450, 010-4301-0736
팩스	031-5171-3229
전자우편	freeinae@icloud.com
인쇄	(주)공간코퍼레이션

ⓒ 정다운 정민영 이희분 박경희 김지하 유진희 이소향 이정란 박은선

ISBN 979-11-92037-01-1 (03810)
값 12,000원